新世紀叢書
當代重要思潮・人文心靈・宗教・社會文化關懷

巴爾札克吃在巴黎

Balzac's Omelette

巴爾札克文學中的飲食及餐桌藝術

告訴我，你何時吃飯，在哪裡吃，吃些什麼，
我自可說出你是誰。

作者◎安卡・穆斯坦 Anka Muhlstein
譯者◎梁永安

十九世紀的巴黎乃是歐洲的美食之都。「吃」成了各行各業巴黎人的一種執迷，而巴爾札克是第一個審視這現象的人，他不僅看出飲食對小說有何妙用，更大膽地將食物召來充當其文字風格的元素，不只把食物比喻運用在人物角色，甚至連一片風景也可以讓他聯想到美食。

巴爾札克筆下人物的性格不只是由聲口、行為和穿著界定，還是由他們去什麼咖啡廳，光顧哪些小吃店和館子來界定，這一點讓他有別於同時代其他作家，他關懷飲食在社會層面的意義，使吃食成為《人間喜劇》的重要場景。

本書作者帶讀者看見《人間喜劇》中的各種「吃相」，不是狼吞虎嚥或細咀慢嚼，而是在「何時吃，吃什麼，怎麼吃，在哪裡吃」這些吃食的行為背後更廣大繁複的「眾生相」。

巴爾札克的歐姆蛋

【目錄】本書總頁數共 288 頁

※本書中標註①，②...為引文出處，請參閱 P267 起；標註❶，❷...為作者註釋與譯註。

年表

1799　五月二十日，巴爾札克誕生於圖爾（Tours）。同年十一月，拿破崙發動政變，推翻「督政府」（Directory regime, 1795-1799），成立「執政府」（The Consulate），任第一執政。按「督政府」乃根據「國民公會」（Revolutionary Convention, 1792-1795）制定的憲法所建立。

1804　拿破崙自立為帝，十二月二日於巴黎聖母院接受加冕，法國歷史自此進入「第一帝國」（Frist Empire）階段。這個「第一帝國」持續至一八一五年六月（一八一四年四月至一八一五年三月間一度中斷）。

1812　拿破崙入侵俄國。這場戰役在六個月後以法軍慘敗結束。

1814　三月，由俄國、普魯士、奧地利、瑞典和英國組成的反法聯軍攻陷巴黎。拿破崙於四月遜位，被放逐至位於科西嘉與北義大利之間的厄爾巴島（Elba）；波旁王朝的路易十八復辟。

巴爾札克前往巴黎，與父母、兩個妹妹和一個弟弟同住。

1815　三月一日，拿破崙逃離厄爾巴島，回到法國。軍隊向他歸順。路易十八在三月二日出逃根特（Ghent）。拿破崙重新掌政，但得面對同一支反對他的外國聯軍。六月十八日，他兵敗滑鐵盧，「百日政變」壽終正寢。拿破崙被放逐至聖海倫娜島（St. Helena），路易十八復位。

1815-19　巴爾札克進入巴黎法學院就讀，並在一家律師事務所工作。

1822-25　以不同化名創作了一批平庸小說。創辦了一間出版社，又借錢投資印刷業，皆以失敗收場。

1822　雨果（Victor Hugo）出版第一本詩集。

1824　路易十八駕崩，由弟弟繼位，是為查理十世。

1829　巴爾札克以真名發表《舒昂黨人》（*Les*

Chouans），此後二十年，他每年都有長篇小說、短篇小說和文章發表。

1830 查理十世被「七月革命」推翻。奧爾良公爵路易—菲力普（Louis-Philippe）被推舉為國王。

斯湯達（Stendhal）的《紅與黑》（*The Red and the Black*）問世。

1832 巴爾札克認識了此生的摯愛：波蘭的韓斯卡（Hanska）公爵夫人。

被巴爾札克視為唯一勁敵的英國小說家史考特（Walter Scott）爵士逝世。

1835 《高老頭》（*Father Goriot*）出版，為巴爾札克第一本出現先前作品角色的小說。這種做法沿用下來，成為整套《人間喜劇》（*The Human Comdey*）的慣例。

1841 韓斯卡公爵逝世，巴爾札克和韓斯卡夫人得以一起旅行。兩人遊歷了俄國、德意志、義大利，又在巴黎共度了美好時光。不過，接下來他們會分離一長段時間。

1847 巴爾札克前往波蘭，與韓斯卡夫人共度了幾個月。他在巴黎買房子，作為結婚的準備。

1848 二月發生的革命逼使路易—菲力普出亡英國。「第二共和」成立。十二月，拿破崙的姪兒路易—拿破崙（Louis-Napoleon）當選總統。

1849 巴爾札克被提名為法蘭西學術院院士，但落選。後前往波蘭。

1850 三月四日，巴爾札克與韓斯卡夫人結成連理，五月一起返回巴黎。

八月十八日逝世，雨果在拉雪茲神父墓園（Père-Lachaise cemetery）宣讀了一篇情深意切的輓辭。

譯者識

巴爾扎克的作品總集稱為《人間喜劇》（*The Human Comedy* / *la Comédie Humaine*），由九十多部長篇、中篇、短篇小說和隨筆構成。本書作者提及或引用過的《人間喜劇》作品包括以下這些：

《貓打球商店》（*At the Sign of the Cat and Racke* / *La Maison du chat-qui-pelote*）

《莫黛斯特・米尼翁》（*Modeste Migno*）

《入世之初》（*A Start in Life* / *Un début dans la vie*）

《阿爾貝・薩瓦呂斯》（*Albert Savarus*）

《夏娃的女兒》（*A Daughter of Eve* / *Une Fille d'Eve*）

《信使》（*The Message* / *Le Message*）

《奧諾麗納》（*Honorine*）

《高布賽克》（*Gobseck*）

《貝阿特麗克絲》（*Béatrix*）

《高老頭》（*Father Goriot* / *Le Pere Goriot*）

《夏倍上校》（*Colonel Chabert* / *Le Colonel Chabert*）

《無神論者望彌撒》（*The Atheist's Mas* / *La Messe de l'Athee*）

《歐也妮・葛朗台》（*Eugénie Grandet*）

《比哀蘭特》（*Pierrette*）

《攪水女人》（*The Black Sheep* / *La Rabouilleuse*）

《外省的詩神》（*The Muse of the Department* / *La Muse du departement*）

《老姑娘》（*The Old Maid* / *La Vieille Fille*）

《古物陳列室》（*The Collection of Antiquitie* / *Le Cabinet des antiques*）

《幻滅》（*Lost Illusion* / *Illusions Perdues*）

《行會頭子費拉居斯》（*Ferragus*）

《朗熱公爵夫人》（*The Duchess of Langeais* / *La Duchesse de Langeais*）

《金眼女郎》（*The Girl with the Golden Eyes* / *La Fille aux yeux d'or*）

《賽查・皮羅托盛衰記》（*César Birotteau*）

《卡迪央王妃的秘密》（*The Secrets of the Princess Cadignan* / *Les Secrets de la princesse de Cadignan*）

《法西諾・卡訥》（*Facino Cane*）

《煙花女榮辱記》（*The Splendors and Miseries of Courtesans / Splendeurs et miseres des courtisanes*）

《煙花女子動真情》（*A Harlot's Progress / Splendeurs et miseres des courtisanes*）

《貝姨》（*Cousin Betty / La Cousine Bette*）

《邦斯舅舅》（*Cousin Pons / Le Cousin Pons*）

《公務員》（*Bureaucracy / Les Employes*）

《不自知的喜劇演員》（*The Unconscious Comedians / Les Comediens sans le savoir*）

《小市民》（*The Lesser Bourgeoisie / Les Petits Bourgeois*）

《舒昂黨人》（*The Chouans / Les Chouans*）

《農民》（*The Peasantry / Les Paysans*）

《鄉村醫生》（*The Country Doctor / Le Medecin de Campagne*）

《鄉村教士》（*The Village Rector / Le Cure de Village*）

《幽谷百合》（*The Lily of the Valley / Le Lys dans la Vallee*）

《驢皮記》（*The Magic Skin / La Peau de Chagrin*）

《岡巴拉》（*Gambara*）

《絕對之探求》（*The Quest of the Absolute / La Recherche de l'Absolu*）

《紅房子旅館》（*The Red Inn / L'Auberge rouge*）

《路易．朗貝爾》（*Louis Lambert*）

《婚姻生理學》（*Physiology of Marriage / Physiologie du Mariage*）

《論現代興奮劑》（*Traité des excitants modernes*）

序

端視切入角度的不同，我們可以在巴爾札克的作品找到作者經緯其人類行為研究報告的不同織線。最不起眼的織線是手套，最常見和最來勢洶洶的是金錢，最出人意表的是飲食。

告訴我你在哪裡吃飯、吃些什麼和什麼時間進食，我自可說出你是什麼樣的人——這是個絕對原創的關注，在巴爾札克之前的小說家並無先例。我們無法想像克萊芙王妃（Princess of Cleves）❶會把一小片麵包蘸入半熟水煮蛋，拉克洛（Laclos）也從未想過要描寫梅特伊爾夫人（Madame de Merteuil）❷晚餐吃些什麼。珍．奧斯汀固然非常重視細節，但對於描寫盤子的樣式更感興趣，而非盤子裡的食物。相反地，單憑《貝姨》裡瑪奈弗太太（Madame Marneffes）女

❶譯註：克萊芙王妃，十七世紀中篇小說《克萊芙王妃》的主角。

❷譯註：拉克洛，十八世紀法國小說家，梅特伊爾夫人是其小說《危險關係》（*The Dangerous Liaisons*）的女主角。

傭煮出來那鍋稀稀水水的豆子湯，便足以顯示女主人有多麼疏於管理家務；《鄉村醫生》的雅柯特（Jacquotte）為主人煮的肉湯濃郁清澈，反映著這戶人家運作井然。白糊糊的肉湯也許是節儉的表徵，但只有葛朗台先生（Monsieur Grandet）❸之流的吝嗇鬼才會吩咐廚娘去打一隻烏鴉來熬湯。

巴爾札克並沒有停駐在室內。他生活在一個餐廳飯館剛開始冒出的年代，也熱切地栽進這批永不窮竭的材料，盡情挖掘。巴爾札克筆下人物的性格不只是由聲口、行為和穿著界定，還是由他們去什麼咖啡廳，光顧哪些小吃店和館子來界定。

有趣的是，巴爾札克乃看出飲食對小說有何妙用的第一人。這一點讓他有別於同時代其他作家：雨果和狄更斯也寫食物，但主要是用食物的匱乏來襯托貧窮的可怕；特羅洛普（An-

---

❸譯註：葛朗台先生，《歐也妮．葛朗台》女主角歐也妮的父親。

❹譯註：特羅洛普，英國維多利亞時代小說家。

thony Trollope）❹小說中的人物從不上館子；喬治・桑（George Sand）樂於描寫鄉村飯菜，但筆觸的牧歌色彩要大於現實色彩。然而，從下一代作家開始（由福樓拜帶頭，莫泊桑中繼，至左拉而大盛），小說花在廚房的時間並不亞於起居室。左拉觸及過所有重要的當代議題，所以，他會用一整部小說──《巴黎的臟腑》（*The Belly of Paris*）──來描寫巴黎的中央市場（Les Halles）絕非偶然。要知道，十九世紀的巴黎是當時歐洲的美食之都。「吃」成了各行各業巴黎人的一種執迷，而巴爾札克是第一個審視這現象的人。作為一位為布爾喬亞畫像又對金錢現象念茲在茲的小說家，「吃」當然是巴爾札克不會錯過的主題，因為飲食同時是一種昂貴和轉瞬即逝的歡樂，往往可以透露出一個角色有多麼視錢如命或慷慨大方。

他對飲食現象的首要關懷著重其社會層面的意義，這反映在他的人物會一連幾小時耗在飯廳裡，反映在他會極詳細地描寫一個廚娘，也反映在他會告訴讀者一些最好食物店家的地址。另一方面，巴爾札克並不太關心食物的滋味。如果你想體會生蠔融化在舌頭的感覺，就應該讀莫泊桑；如果想知道罐裝黃奶油的口感，就應該讀福樓拜；如果想被牛肉凍逗得食指大動，就應該讀普魯斯特。但如果你感興趣的不是生蠔的味道而是一個年輕人點它們的方式，不是黃奶油的香甜而是它們的價錢，不是牛肉凍入口即化的口感而是它怎樣反映一個家庭的管理方式，就應該讀讀巴爾札克。

不過，就像是想證明食物不只是維生之資，巴爾札克還把它們召來充當其文字風格的一個元素。他把鄉村姑娘形容為引人開胃的火腿，把面色蒼白和滿臉皺紋的老婦人形容為小牛雜碎。耄耋的放高利貸者高布賽克（Gobseck）❺因為無比有耐性，被他比喻為吸附在岩礁上的生蠔。他指出，年輕女孩的天真爛漫「猶似牛奶，只要碰到一聲響雷、一陣臭氣、一個熱天，甚至只是被一口口氣吹到，都會變酸。」①他用蛋

❺譯註：《高布賽克》的主要角色。

白形容一段頸背的雪白，用南瓜形容一個笨蛋的臉，把一席愈來愈乏味的談話比作愈煮愈糊的肉湯，把一個自鳴得意的角色比作在魚攤上噗噗跳的鱘魚。對於拘謹得要命的埃魯維爾公爵（Duke of Hérouville），巴爾札克如此說：「他是瓶好酒，但瓶塞塞得太緊，會讓人連開瓶器都扭斷！」②巴爾札克使用的食物比喻從不乾巴巴，總是複雜微妙得如同水果滋味。他形容，倒楣的葛朗台太太飽受吝嗇鬼丈夫的壓迫，形同失去所有香氣與水分的多肉水果。《比哀蘭特》的羅格小姐（Mademoiselle Rogron）貪得無厭，看到什麼都會祭起一雙「龍蝦大爪子」給抓過來。金色睫毛亮得發白的紐沁根太太（Delphine de Nucingen）被巴爾札克比作「寇克斯蘋果」（一種有斑點的蘋果）❻，而邪惡的德埃斯巴侯爵夫人（Marquise d'Espard）則被比作保證很有咬勁的美味小蘋果。相反地，只有最多汁和最多人想吃的水果才夠資格與莫爾索夫人（Mad-

❻譯註：見《高老頭》。

ame de Mortsauf）❼的美肩或瑪奈弗太太的堅挺乳房相提並論。水果與慾望的串連在巴爾札克的小說裡俯拾皆是。

這類比喻因為反差大而出人意表，讓讀者印象特別深刻。莫泊桑也是精於此道者。在短篇小說〈羊脂球〉（Ball-of-Fat）裡，他描寫女主角（一個善良但男女關係隨便的姑娘）「肥得像桶豬油，連手指也肉鼓鼓的，把指關節勒得緊緊，十根手指猶似一些香腸串兒。」③左拉把這一類筆法運用到極致，例如，在《巴黎的臟腑》裡，他形容人高馬大的女魚販露薏絲（Louise Méhudin）散發出「鮪魚的淡淡氣息、胡瓜魚麝香似的紫蘿蘭味，還有鯡魚和鰩魚的腥辣味……她搖來擺去的裙子掀起陣陣薄霧；她走入了一股由帶汙泥海草蒸騰起的雲霧裡……她魁梧的女神身軀就像一尊在海裡漂流多時，再被沙丁魚漁夫網回岸上的漂亮古代大理石像。」④福樓拜的做法則稍有不同。例如，他沒有把夏

❼譯註：《幽谷百合》的女主角。

爾・包法利（Charles Bovary）[8]比作某種食物，而是細細描述了他喝湯的樣子（總是以同一姿勢喝湯，喝時總是發出同一種的聲音，喝完後總是以同一種動作表示滿足），以此暗示這個人無聊乏味透頂。

巴爾札克也不只把食物比喻運用在人物角色。一片風景一樣可以讓他聯想到美食，例如，他說過，都蘭（Touraine）的景色會讓他覺得滿嘴都是鵝肝醬。矛盾的是，這位作家雖然極其意識到飲食的重要性，卻又不是飽食終日，而是有著最怪里怪氣的飲食習慣。在密集寫作期間，他可以一連幾星期幾乎不吃不喝，但才一脫稿，他便會大肆犒賞自己，漫無節制地大啖葡萄酒、生蠔、肉類和家禽。

要怎樣調和這種矛盾呢？很簡單，那就是指出巴爾札克和他筆下人物從不在同一個時候吃飯：要麼是他在吃，要麼是他們在吃。那麼，

---

[8]譯註：小說《包法利夫人》中女主角的丈夫，他太太後來與人私奔。

就讓我們從他本人開始，看看他為什麼會那麼強調飲食的重要性，以及飲食何以會成為《人間喜劇》的重要場景。

1

◆

用餐時間的巴爾札克

Balzac at Mealtimes

巴爾札克把很大一部分時間用於寫作，不禁令我們好奇，他能有多少時間花在吃食？但這不是個容易回答的問題，因為他有著最不尋常的進食習慣。從他的肖像（畫中人大腹便便），從他對各種餐飲的描寫，我們怎能不把他想像為不知饜足、食量無邊的食客？他的朋友戈茲朗（Léon Gozlan）對用餐時間的巴爾札克有過有趣的描述：「看到堆成金字塔狀的梨子或漂亮的桃子，他會嘴脣哆嗦，兩眼閃爍著欣喜光芒，手也快樂地抖著。它們無一可以逃出生天，向別人報告戰敗經過。他會把它們全部幹掉。他是活脫脫的龐大固埃（Pantagruel）的素食翻版❶：扯掉領帶、領口敞開，手裡拿著刀……笑聲震耳，像是炸彈爆炸。……他的胸口會慢慢鼓脹起來，兩個肩膀在快樂的下巴下面不停起伏……我們眼前看到的彷彿是德兼美修道院（Thélème Abbey）裡的拉伯雷。他因為快樂

---

❶譯註：龐大固埃，法國作家拉伯雷（François Rabelais）小說《巨人傳》（*Pantagruel*）的主角之一，為一樂天派酒徒，粗野而好戲謔。

四十三歲的巴爾札克，由達蓋爾（Nadar）用銀板照相法攝於一八四二年。圖片來源：Wikimedia Commons

而融化。」①但我們不應遽下結論。巴爾札克不是個普通的食客，而是經常擺盪於大吃大喝與淺嘗即止之間。他的整個童年和很大一部分少年歲月都是在挨餓狀態度過。及長，他仍然相信節制口腹之慾對一個創作者來說至關重要。只不過，一等到作品完成，他的胃便會重申自己的權利。

小時候的巴爾札克吃不到什麼好東西。奧諾雷❷從未在廚房周遭聞到過四溢的香氣、掀開過一個讓人垂涎欲滴的鍋蓋，或看著一個蛋糕在烤爐裡慢慢膨脹起來。他父親老巴爾札克因為想長命百歲，晚餐（五點鐘吃）只吃一點水果，然後便儘早睡覺。媽媽則只管談情說愛和參加社交活動，「從不知道要摟抱、親吻甚至只是陪伴小孩」②，對長子的福祉漠不關心。奧諾雷沒機會成為一個被寵壞的小孩。媽媽並不愛他（至少他這樣覺得），而他所有的童年記憶都因為母親的冷淡態度而蒙上一層冰冷色彩。

---

❷譯註：巴爾札克的全名是奧諾雷·巴爾札克（Honoré Balzac）。

戈茲朗（Léon Gozlan）肖像，繪於一八六五年。他曾描述巴爾札克只要美食當前，就好像德兼美修道院裡的拉伯雷，因為快樂而融化。圖片來源：Wikimedia Commons

雖然十九世紀小孩的童年通常都不好過，但奧諾雷似乎特別被忽略了。

一七九九年五月二十日一出生，奧諾雷就被送到乳母家，至四歲才返回家中。八歲那一年，他收拾行李，前往旺多姆（Vendôme）一所寄宿學校就讀，此後整整六年沒有回過家。因為校方規定，學童在整個學習階段都不得回家：這規定沿襲自烏拉托利修會（Oratorians），自法國大革命之前便開始實行。家長當然有權探視小孩，但巴爾札克的父母總共只來看過他兩次（他們住在圖爾，而圖爾離學校只有四十多公里）。在漫長寄宿期間，食物不只沒有為他帶來慰藉，反而是一個羞辱的源頭。學校的伙食量少而質劣，每天只提供少許新鮮蔬菜，兩盎司的肉或一薄片鹹魚。當然，學生家長都知道這事，大多數會給小孩提供額外的飲食補充。一般媽媽會給小孩送去果醬、巧克力或餅乾，或是給他們錢在小賣部購買需要或想要的東西。但奧諾雷沒有零用錢可花，買不起同學耽吃的小點心。因為沒有機會參加同學間的零食交換活動，他打不進別人的圈子，孤立感益發強烈。在《幽谷百合》裡，他借費利克斯·旺德奈斯（Félix de Vandenesse）之口道出小學時代的窘境：

> 圖爾的「熟肉醬」（rillettes）和「油渣」（rillons）很有名，是大多數學生午餐的主食（放學正趕上吃晚飯，因此，早晚我們都在家裡用餐）。那種「熟肉醬」受到一些老饕的高度讚揚，可是在圖爾的仕紳家庭卻難得見到。進學堂之前，我固然聽說過這東西，卻從來沒福氣吃過抹上這種褐色渣渣的麵包片。所以，即便它不是同學間的常見午餐，我一樣會渴望享享口福，因為那已成了我的一種執念……我的同學幾乎都是商人階級的孩子，喜歡把香噴噴的「熟肉醬」舉到我的眼前炫耀，問我是否知道它是怎麼做的、哪裡有賣，又為什麼我沒有？他們舔嘴咂舌，向我誇耀香味像

油炸豬肉而樣子像水煮松露的「油渣」。他們查看我的午餐籃，只找到奧利維乳酪或乾果，就說：「喂，你真的很窮吔！❸」讓我啞口無言。③

正是在這個念寄宿學校和老吃不飽的階段，巴爾札克培養出對閱讀的激情。在另一部帶有自傳色彩的小說《路易・朗貝爾》裡，他借一個孤單小學生之口指出，閱讀對他來說「是一種永不饜足的飢餓，不管是宗教、歷史、哲學或物理方面的作品，他一概拿來猛啃……閱讀字典的時候，他感受到一種無法形容的愉悅。」④因為營養失衡（這也是巴爾札克日後的寫照），他生了病，十四歲回到家的時候形容憔悴。他妹妹在回憶錄裡指出：「他陷入昏睡狀態……他變瘦了，一副病懨懨的模樣，睡覺時也張著眼睛，像是夢遊者。……家裡沒有人能忘記，當媽媽把奧諾雷從旺多姆帶回家的時候，

---

❸譯註：這位主角是仕紳階級，其實比他的同學有錢。

大家看到他的樣子有多麼驚訝。祖母以痛苦的聲音說：『看看學校把我們送去的漂亮小孩弄成什麼模樣。』」⑤不過，因為得到兩個妹妹悉心照料，加上呼吸到新鮮空氣和享有某種程度的自由，奧諾雷最終得以康復。然而，家裡的緊張氣氛始終高張。他大概就是這個時候意識到，弟弟亨利會誕生，鄰居瑪赫戈尼（Jean de Margonne）的魅力厥功其偉。他本人也受到這魅力的吸引，以致他媽媽與瑪赫戈尼分手多年後，他與這位舊鄰居締結出一段長久而有得益的友誼：奧諾雷跟媽媽和弟弟的關係都很不好，有一次，他前往都蘭旅行，重遇瑪赫戈尼，兩人成了好朋友。自此，他每想找個地方靜一靜或好好休息，都會到「薩榭居」（Chateau de Saché）住住（這棟屬於他「父母朋友」的漂亮房子如今是巴爾札克紀念館）。當一些老朋友對兩人的親密關係表示困惑不解時，他回答說：「就算是他欠我的。」暗示了難相處的弟弟帶給他的許多不快。

一八一四年，任職軍糧處的老巴爾札克被

調職巴黎，於是舉家遷離圖爾，搬進馬雷區（Marais quarter）。巴爾札克夫人的娘家就在這一區：她父母在聖丹尼街（Saint-Denis）開店，製作裝飾家具用的布料和刺繡品。一八一五年，拿破崙政權瓦解，波旁王朝復辟（先是路易十八，然後是查理十世）。這種政權交替無可避免會導致大量前朝官員被撤換。老巴爾札克的仕途至此戛然而止。

後來，巴爾札克再一次被送進寄宿學校——該學校位於托里尼街（rue de Thorigny），如今是畢卡索紀念館。因為買不起門房提供的食物，他再次常常吃不飽（按當時慣例，學校的小賣部都是由門房經營）。兩年後，他進入巴黎法學院攻讀，終於在學生餐廳見識到什麼叫像樣的日常膳食。十七歲那年，他在一家法律事務所找到一份書記的工作。

擔任書記期間接觸到的各種家庭糾紛，日後將會成為巴爾札克許多部小說的靈感來源。事務所的工作緊張忙碌，但同事之間喜歡開玩笑，氣氛愉快融洽。巴爾札克因為精力旺盛又風趣無比，深受同事喜愛，以致有一天，首席書記給他捎去一張字條：「我們祈請巴爾札克先生本日不要來上班，因為工作太多了。」⑥當時一如今日，年輕人總是容易餓，所以事務所裡的職員常常會吃東西吃西，把地方搞得烏煙瘴氣：「大理石的壁爐架上放著大大小小的麵包、三角形的布里乳酪、新鮮豬排、玻璃杯、酒瓶和首席書記喝巧克力用的杯子。這些食物的腥味，燒得太熱的爐子的穢氣，加上紙張文件特有的黴味，以致辦公室裡即便躲了隻狐狸，你也不會聞到牠的臊臭。」⑦

巴爾札克極厭惡髒亂腥臭的飲食環境，以致事隔多年仍記憶猶新。他在《高老頭》裡這樣描述他見過的一塊髒桌布：「鋪在長桌子上的漆布積了厚厚一層油垢，足夠讓淘氣的醫院實習生用手指在上面寫下姓名。」⑧他對寄宿房客圍坐在桌子喝韭蔥湯時發出的嘈吵聲，對《貝姨》中瑪奈弗太太廚房傳出的陣陣惡臭，皆有使人印象深刻的描寫。另外，又有哪個讀者會注意不到，對巴爾札克來說，一頓好飯好菜所意味的不只是食物的精美，還是排場的精美；不只是要能娛口腹，還要能悅眼目？為吃而吃總是讓巴爾札克感到可怕。他會寧可站著吃一個蘋果而不願在一個亂七八糟的地方坐下來吃一頓飯。一張髒兮兮的桌巾或清洗得不夠乾淨的玻璃杯足以讓他食慾大減。每次出遠門，因為不想吃驛舍提供的「蹩腳燉菜」，他都會往行李塞進一條煙燻牛舌和十幾個麵包。《入世之初》裡的年輕人于松（Oscar Husson）也是如此：第一次坐驛馬車的時候，他聰明地在口袋裡裝滿媽媽給他的麵包和巧克力。

巴爾札克沒有在律師事務所待太久。他花了一番氣力說服父母，給他兩年時間去證明自己的能耐（當時老巴爾札克已經退休，為節省開支而不得不搬到巴黎附近的維爾巴迪西村〔Villeparisis〕居住）。靠著家裡提供的微薄生活費，巴爾札克在離巴士底廣場不遠的萊迪吉埃街（rue de Lesdiguières）租下一層四樓的閣樓，開始過著胼手胝足的生活。這不算是巴爾札克特別貧困的時期，因為父母每年提供的一千五百法郎相當於一般工人的兩倍薪水。在這期間，他埋首創作，忍受孤獨，過著飲食選擇非常有限的生活。他自己買菜，自己做飯。在寫給妹妹的信裡，他形容自己的飯食像是老鼠食物：每頓幾個銅板的牛奶、麵包和櫻桃，或是吃麵包夾乳酪（乳酪在當時並不貴，被認為是窮人吃的食物）。如果他哪天一時衝動買了兩個甜瓜，那第二天便得將就著點，僅吃一把胡桃果腹。看來水果是他當時的主食。更重要的是，他日後將會利用這段生活經驗來描寫那些注定要大放光采的天才人物的早年艱苦歲月。一個例子是德普蘭（Desplein）❹，巴黎最有名的外科醫生，他在少年時代若不是得到一個好心鄰居（一名挑水夫）的資助，恐怕早已餓死；另一個例子是著名畫家約瑟夫·勃里杜（Joseph Bridau），他年輕時極為節儉、努力創作，一心想要讓貧窮的母親過上好日子（她因長子的揮霍而破產）。換言之，巴爾札克深信放縱和創作

❹譯註：《無神論者望彌撒》的主角。

是不相容的兩回事，而這種信念是他在人生的很早期便建立起來。

他在一部充滿自傳成分的小說裡指出：「我一度住在一條你們八成不曾聽過的小街：萊迪吉埃街（Rue de Lesdiguères）。它位於聖安東街（Rue Saint-Antoine）的拐彎處，開始於巴士底廣場附近一口噴泉的正對面，一直通到櫻桃園街（Rue de la Cerisaie）……我縮衣節食，安於過修道士一樣的清苦生活：這種生活對任何有志創作的人來說是必需的。」⑨但兩年的清貧生活並沒有把他造就為天才：他寫了一齣五幕悲劇《克倫威爾》（*Cromwell*），但他的家人朋友讀過後都覺得枯燥乏味，讓他打消了爭取上演機會的念頭。但巴爾札克日後常常會提起這段磨練的日子，指出它即便不能讓人脫胎換骨，仍是藝術家的必經階段。在小說《貝姨》裡，他把這理論應用在雕塑家斯坦卜克（Wencelas Steinbock）身上：起初，斯坦卜克因為受到一個老姑娘的專橫統治（「她就像給一匹馬罩上眼罩那樣，讓他無法東張西望，只能專心致志」⑩），總是能創作出讓人驚豔的作品，但情形至他娶了一個年輕富有的嬌妻後為之丕變：他習慣了慵懶和舒適的生活，藝術事業也跟著垮了。巴爾札克告訴我們：床笫之歡和「女人的愛撫會嚇走繆斯女神，讓藝術創作者的堅強剛猛意志給斲斷。」⑪

一八二〇年，巴爾札克遠離他的閣樓，投入更積極的生活：先是用化名寫些分量輕薄的小說，終而可以靠創作長、短篇小說和寫文章賺到夠生活的錢。不幸的是，他花錢總是比賺的多，以致一直到人生盡頭，這位法國文學的閃耀星星始終活在債務人監獄的陰影裡。不過，不管手頭是寬是緊，他的飲食習慣幾乎沒有改變：在密集創作期間，為了「免頭腦受到消化系統的拖累」⑫，他會吃得極少，但一等作品完成，他就會縱情飲食，以讓人大驚失色的方式大吃大喝，儼如出海很久之後歸港的水手。

巴爾札克下筆如飛。因為為債所迫，也因為受到源源不絕靈感的驅策，他會閉門不出，每天寫作十八小時。印刷廠只等了兩個月就等到了《高老頭》或《幻滅》的稿子。在這期間，他只喝水和咖啡，靠水果果腹。偶爾，如果真的餓了，他會在早上九點左右吃一顆水煮蛋或沾牛油的沙丁魚，然後在傍晚吃一只雞翅或一片烤羊腿。每頓飯之後會來一或兩杯不加糖的上好黑咖啡。這麼說，他算是苦行者囉？某種意義下是如此，但又不總是如此。一等校樣送到印刷廠，他就會火速跑去一家餐廳，一口氣吞下一百顆生蠔，灌下四瓶白葡萄酒，然後才點其他菜餚：一打不加醬汁的煎羊小排、一客蕪菁燉幼鴨、一雙烤鷓鴣、一尾諾曼第鰈魚（Normandy Sole），更不用提的是各種昂貴甜點和特別水果——如「世紀梨」（Comice pears），他一吃就是十幾顆。酒足飯飽後，他會叫店家把帳單送到出版社。即使一個人待在家裡（特別是焦慮或憂愁的時候），他一樣會受不了口腹之慾的誘惑，十五分鐘內就幹掉「一整隻鵝和一點菊苣，外加三顆梨子和一磅葡萄」⑬，害自己飽膩得病懨懨。那麼，他算一個饕客囉？也不是。在巴爾札克的字典裡，「饕客」是指

巴爾札克嗜梨，當時非常昂貴的「世紀梨」他一口氣可吃掉十幾個，皆由出版社埋單。圖片繪於一九二一年，Ulysses Prentiss Hedrick。圖片來源：Wikimedia Commons

這樣的人：「吃喝起來漫無目的、愚蠢、毫無精神層面可言……什麼都是整個兒吞，不經過味蕾，不會激起任何思想，直接進入無邊大胃，消失無蹤……沒有東西會從他們的嘴巴出來，一切都只進不出。」⑭依據這個標準，巴爾札克絕不是一個饕客，因為任何請他吃過飯的人都會告訴你，他是個說話最風趣的客人。更重要的是，他在兩次暴飲暴食之間會經歷一段長時間的節制飲食。他毫無困難地在兩者之間轉換，既能將就以簡餐果腹，興致來時也會不辭辛勞、花大量時間尋覓美食。

陪他一起吃過通心麵的戈茲朗可以為證（當時正值通心麵在巴黎流行的高峰）。先前，巴爾札克在皇家街（rue Royale）發現了一家店，它不像其他館子那樣，在通心麵填入肉、魚或香菇做成小春捲（mini cannelloni）的模樣，而是用烤爐烘焙。有一天下午三點，巴爾札克在劇院看完綵排，想吃點東西（這個時間對吃午餐來說嫌太晚，對吃晚餐來說嫌太早），便把戈茲朗從嘉布遣大道（boulevard des Capucines）帶到皇家街。在那家店裡，他一邊大笑著誇讚庫帕（Fenimore Cooper）❺，一邊開闔著高康大❻似的大口量，三四口就吃掉一份通心麵，又一口氣吃了四份，讓年輕的女侍看傻了眼。」⑮巴爾札克也會不嫌麻煩，跑遍整個巴黎去找最好的咖啡豆：「他的配方老練、精微而神妙，就像他的天才那樣完全是自家的獨造。他喝的咖啡由三種咖啡豆混合而成：『波旁』（Bourbon）、『馬提尼克』（Martinique）和『摩卡』。他到蒙布朗街（rue du Mont-Blanc）買『波旁』，到第三區的維埃耶街（rur des Vieilles-Audriettes）買『馬提尼克』，到聖日耳曼鎮區（faubourg St Germain）的大學街（rue de l'Université）買『摩卡』。為了喝到一杯好咖啡，他會花上半天以上的時間搜尋。」⑯因為太習慣自己泡製的咖啡，他每次去「薩榭居」小住，都會帶著咖啡豆。當時鄉村地區的咖啡都差勁透頂。巴爾札克非常不

---

❺作者註：他剛讀完庫帕的《覓路者》（*Pathfinder*）。

❻譯註：高康大（Gargantua），拉伯雷《巨人傳》的主角之一。

能忍受沒滲濾過的咖啡，在好幾本小說都哀嘆過直接把咖啡煮來喝是野蠻行為。例如，在《農民》裡，他這樣嘲笑小鎮蘇朗日（Soulanges）一個旅店老闆煮咖啡的方法：「索卡爾老爹（Father Socquard）都是直接用一個家家戶戶稱作『大黑罈子』的瓦罐煮咖啡，煮的時候把菊苣粉和咖啡粉混在一起。煮好之後盛在一個掉在地上也摔不碎的瓷杯裡，以一種堪與巴黎咖啡館侍者媲美的泰然自若神態端給客人。」⑰

眾所周知，巴爾札克喝大量極濃的咖啡，此舉不只是為了阻擋睡意，並且維持一種有助於創作的亢奮狀態。他宣稱，喝了咖啡之後，「觀念就會像戰場上的大軍一樣生猛……回憶加倍湧至……靈感不時閃現，加入戰鬥：一張張臉形成輪廓；稿紙很快便布滿墨水。」⑱午夜起床寫作時，他會用一個「夏普塔」（Chaptal）咖啡滲濾壺（由兩個相連著一根濾管的器皿構成）先給自己煮一杯咖啡。在《歐也妮・葛朗台》裡，他曾藉女主角堂弟夏爾・葛朗台（Charles Grandet）之口，對這種咖啡滲濾壺誇讚有加。

多年下來，他的咖啡愈喝愈濃，又深信自己少了咖啡因幫忙會寫不出東西。到後來，他喝咖啡變成是一壺壺喝，一桶桶喝，不在乎咖啡會讓他腹部絞痛、眼皮抽搐、胃部燒灼。他考慮過用茶來取代咖啡，卻找不到滿意的茶葉。他為此向韓斯卡夫人（Madame Hanska）抱怨，於是她從波蘭寄來「商隊茶」（即中國茶）。作為報答，巴爾札克給她捎去榲桲果醬（cotignac）。這種果醬極難找到，他跑遍巴黎每一家食品供應商，最後才在剛於王宮廣場（Palais-Royal）開業的「科爾瑟萊」（Corcellet）找到僅剩的一罐。我們用不著可憐巴爾札克——為這種事跑腿乃他所樂為。

我等不及要在這裡介紹韓斯卡夫人，她是巴爾札克此生的摯愛。一八三二年，巴爾札克收到一位讀者的來函，這信文字優美，魅力四射，讓他很想認識其人（一位波蘭的公爵夫人）。兩人在日內瓦見了面，巴爾札克馬上激烈愛上對方，相約一年後再會面。韓斯卡夫人雖是有夫之婦，但兩人還是共度了「難忘的」

巴爾札克此生的最愛——韓卡斯公爵夫人，他們於一八五〇年結為連理。Jean François Gigoux 繪製。圖片來源：Wikimedia Commons

一夜。後來，儘管相隔遙遠，會面的機會也不多（他們一度連續八年沒見），但大作家與公爵夫人始終保持連絡，通信不絕（這批書信加起來有兩千多頁，也透露了巴爾札克的許多生活細節）。一等丈夫過世和女兒出嫁，韓斯卡夫人便答應巴爾札克的求婚，只待沙皇批准便可下嫁（波蘭當時是俄國的屬地）。這對年邁的戀人等了幾年，終於在一八五〇年得到結婚許可。他們在三月成婚，巴爾札克於同年八月逝世。不過，且讓我們先把鏡頭回轉到一八三〇年代——換言之，是回到巴爾札克寫出第一批傑作、債務纏身、像躁鬱症患者一樣花錢如流水和大喝咖啡的時期。

一等賺到的錢不僅夠養活自己，還可請幾位朋友大吃一頓的時候，他就開始極盡講究派頭之能事。他更負擔得起的當然是一席鋪排在紙頁上的豪宴（像《驢皮記》裡銀行家泰伊番〔Taillefer〕擺的那一桌筵席，簡直就像出自《天方夜譚》），但巴爾札克絕不是個吝於花錢的人——他想讓一位女士留下深刻印象時尤其如此。有一晚，他邀了歐蘭普・培莉席耶（Olympe Pélissier）吃飯，對方是知名交際花，巴爾札克一度是其入幕之賓。她當過畫家韋內爾（Horace Vernet）的模特兒，一直是當紅小說家歐仁・蘇（Eugène Sue）的情婦，直至認識了大作曲家羅西尼（Rossini）才名花易主（兩人在一八四七年結婚）。

巴爾札克為歐蘭普安排的是一頓五人的小型晚餐。他向韓斯卡夫人承認，他的準備「豪奢得超出理性範圍……我的客人包括羅西尼和歐蘭普——她是他的心愛女人，也是主角……

我弄來了歐洲最上乘的葡萄酒、最稀有的鮮花」⑲，但還不只如此。他奉客的食品包括鮭鱒魚（salmon trout）、雞肉、冰淇淋，又用極盡豪華的餐具作為搭配。他在勒寬特（Le Cointe）❼的金匠店買了五個銀盤子、三十幾把叉子和一把帶銀手柄的分魚刀。但一等它們完成任務，整批餐具便被送進當鋪。然而，最能反映巴爾札克對短命豪華排場樂此不疲的，是他坐牢時給自己叫來的大餐。對，巴爾札克是坐過一小段時間的牢，不過不是因為欠債被關，而是好幾次逃避兵役的結果。

一八三〇年的革命終結了最後一位波旁國王（路易十世）的政權，也把他的親戚路易—菲力普推上王位。被某些人吹捧為「平民國王」，路易—菲力普較不那麼獨裁，對布爾喬亞階級也較為友善。沒多久，當局便決定成立

---

❼作者註：順道一提，巴爾札克的著名手杖（手柄上鑲有綠松石）就是勒寬特所製作，這手杖是許多漫畫家開玩笑的對象，也給了德爾菲娜．吉拉丹（Delphine de Girardin）靈感，寫出小說《巴爾札克先生的手杖》（*La Canne de M. de Balzac*）。

一支稱為國民自衛軍（National Guard）的民兵，協助維持公共秩序。凡是有納稅資格的巴黎市民每年都得當幾天國民自衛軍，未盡義務者會抓去關一天。巴爾札克過不了當兵的拘束生活，多次逃役，每次不是自稱去旅行就是假裝搬家（這段時間他會待在朋友家暫避風頭）。有時，如果沒有及時逃掉，他就會用幾枚金幣或幾瓶好酒賄賂負責逮捕他的警察。不過，有一天他終於受到了法律制裁。一八三六年四月二十七日，執行逮捕令的警察唯恐工作不保，不敢接受賄賂，把他帶走，很不客氣地把他關在「扁豆樓」（Hotel des Haricots）——那是國民自衛軍自己的監獄，位於福賽—聖貝爾納街（rue des Fossés-Saint-Bernard）。他的貼身男僕奧古斯特還來得及把毯子、紙張文具和巴爾札克喜歡穿來寫作的多明我會（Dominican）僧袍收拾到行李箱。警官安慰他說：「這裡可以讓您安安靜靜工作。」但巴爾札克會喜歡安安靜靜嗎？

一在四樓的牢房安頓好（這牢房可眺望見一個葡萄酒倉庫），他就派奧古斯特帶一封短箋去找他的出版商韋德（Werdet），要對方送些錢過來。韋德馬上從命，親自帶著兩百法郎前往監獄。讓他相當意外的是，巴爾札克覺得這筆錢少得可憐，但還是約他一起吃晚餐。原來，他已經向「韋爾富」（Véfour）叫了菜。他向韋德解釋，自己專挑巴黎數一數二昂貴的菜館訂餐，是想要讓人明白何謂「美好生活的藝術。」⑳兩人按約定時間來到囚犯飯堂，看見一張長桌的一端已擺上兩人份的豐盛菜餚。兩人吃得不亦樂乎，巴爾札克顯得心情大好。大約七點的時候，走進來另一個因為逃役被關的犯人：《日報》（*La Quotidienne*）的總編輯米蕭（Joseph-François Michaud）。《日報》是一份傾向王黨的報紙，巴爾札克也常常投稿。米蕭欣然接受邀請，分享他們「酒微菜薄」的晚餐。三人吃喝得興高采烈，未被坐在幾張椅子之外的另一個討厭犯人破壞心情。那人不是別人，就是歐仁．蘇。他由兩名貼身男僕服侍著吃飯，拒絕加入巴爾札克的飯局。這沒什麼好奇怪的：他和巴爾札克的關係一向不好。作為連載小說天王，歐仁．

韋爾富（Véfour）是巴爾札克常光顧的餐廳，開設於十八世紀，至今屹立不搖。（位於巴黎皇家宮殿[Palais-Royal]）花園旁）
圖片來源：Wikimedia Commons，Mbzt 作品

蘇非常富有，但巴爾札克認為這個人完全與真實世界脫節，從不以文學為念。他本人非常重視小說的品質，無法遷就連載小說的要求，不屑把一章拆成幾章和不斷製造懸念，而這些都是他兩位同時代作家歐仁・蘇和大仲馬的拿手好戲。但巴爾札克當然希望享有這兩位對手的收入（他們的稿費比他高）。巴爾札克的磨難並沒有在第二天結束：當局考慮到他多次逃役，決定多關他幾天。

翌日，韋德再一次被旗下大作家召至囚室。只見「他的工作桌、他的床、房間裡的唯一一把椅子，還有整個地板，全覆蓋著餡餅、填餡家禽、油亮亮的野味、一罐罐果醬、一箱箱各色葡萄酒和各種烈酒，東西堆得老高，都是從『榭韋』（Chevet）叫來。」巴爾札克解釋說：「我不想再到飯堂去，以免碰見那個會對歐仁・蘇這名字答『有』的傢伙。他從不會為別人做任何事，自我主義心態膨脹得鋪天蓋地。」㉑於是，出版商和他的作者便席地而坐，吃喝起來。由於兩個人不可能消化得了那麼多佳餚美酒，巴爾札克決定多邀幾個密友用餐。「儘管監獄有種種規定，但典獄長還是提供了一張大桌子、幾把椅子、亞麻布桌布和玻璃杯。奧古斯特戴著白手套侍候我們。各種東西一件不缺。巴爾札克一面示意大家對酒食發起進攻，一面重說了先前說過的話：這屋子（他稱呼監獄的委婉語）將永遠記得有他這號人物待過。」㉒在這一點上，巴爾札克毫無疑問大獲成功：獄卒對他的驚人浪費印象深刻，也因為有豐盛的剩菜可以大快朵頤而對他感念不已。

為確保以後不會再被請到「扁豆樓」，巴爾札克決定名義上搬家到塞弗爾（Sèvres）去。塞弗爾離巴黎約三里格遠（十二公里），此舉可一勞永逸讓他免去服兵役的義務。因為有鐵路之便，巴爾札克只要花八個蘇（sou）❽和二十分鐘左右的通車時間，便可到達巴黎市中心的聖瑪德蓮教堂（La Madeleine）。每逢有需要整天待在巴黎，他就會躲在帕西（Passy）街區的一棟

---

❽譯註：蘇，法國舊貨幣單位，一個蘇合當時的二十分之一法郎。

小房子（如今是巴爾札克紀念館）。這小房子名義上的主人是布呂紐勒太太（Louise de Brugnol）。布呂紐勒太太能幹而精力充沛，懂得怎樣跟書商討價還價，有本領把討債的人打發走。她既是女管家，有時也會充當廚娘；她不會與巴爾札克同桌吃飯，但偶爾會同睡一床。雖然老是在作品裡主張年輕作家應該摒絕慾樂，但巴爾札克又相信絕對禁慾會弱化腦力。布呂紐勒太太的存在讓他可以維持一種快樂的平衡狀態。

他後來在塞弗爾買下一小片一小片鄰接的土地，開始蓋他所謂的「小木屋」。雖稱「小木屋」，蓋這房子的時候卻需要動用到「粗工、泥水匠、油漆工和其他工人。」㉓一搬進去之後，他便開始快樂地招待賓客，那怕高密度創作期間照樣招待不誤。每次餐桌上都會擺出大量美酒（往往是多得過頭）。巴爾札克的友人，也是常客之一的戈茲朗指出：「我不會指名道姓，但卻忍不住要指出，不只一次，我離開時都有皇家法庭的庭長躺在餐桌底下。」㉔但巴爾札克本人喜歡保持頭腦清醒：在這些聚會中，他只會吃一點點東西，早早離席（約七點）去睡覺，以便可以在凌晨一點起來工作。

在這個例子中，巴爾札克顯得很懂得節制。不過，我總是奇怪，既然他這麼養生有道，為什麼還會那麼胖。其實，他並不是一直都這副身材的。十年前，當他去到布列塔尼，住在父母的朋友波默雷爾太太（Madame de Pommereul）家中，寫作《舒昂黨人》時（描述王黨在大革命時期和帝國時期的死灰復燃），女主人見他瘦巴巴，常常飢腸轆轆，便決心用大量抹以牛油的硬餅乾（craquelins）把他養胖。巴爾札克因此暱稱她為「充填女士」。她將會不認得一八三六年時候的巴爾札克，而他也不喜歡自己圓滾滾的身材。為了減肥，他每天逼自己儘量多走路。問題是，一個一天工作十五小時的人能有多少時間散步？而且，在冬天，滿地泥濘的巴黎街頭要如何散步？那時候的巴黎只有三條街設有人行道：奧德翁街（rue de l'Odéon）、盧瓦街（rue Louvois）和蕭塞—德安坦街（rue de la Cha-

十九世紀知名的猶太銀行家羅斯柴爾德肖像，繪於一八五〇年。圖片來源：Wikimedia Commons

ussée-d'Antin）。所以，不管巴爾札克在夏天減了多少肉，都會在冬天馬上胖回來。他常常不吃麵包，但效果不大。這是因為，他每天都要吃十幾顆梨子（某年二月他告訴韓斯卡夫人，他的地窖裡儲存了一千五百顆梨子）、一大堆葡萄，偶爾會暴飲暴食——這一切都無助於瘦身。不過，他相信，要是韓斯卡夫人在他身邊，情況將會有所改善，而他也很喜歡在信裡想像未來兩人生活在一起的情況。有一晚，參加完羅斯柴爾德（James de Rothschild）❾招待的一頓二十五人盛宴之後，他寫信告訴韓斯卡夫人，酒席上的菜餚並沒有讓他動容，又說他深信，日後兩人在家裡宴客，一定可以讓客人比在有財有勢人家吃得更開懷：「在我們家，席上將不會坐著超過九個以上的人。讓七個人快樂，取悅他們，逗樂他們，傾聽他們機智風趣的談話，讓他們吃好東西，要比在『巍里』❿吃飯更勝一籌。」㉕話雖如此，《人間喜劇》裡的人物卻不總是在家裡吃飯。這正是小說家巴爾札克別開生面之處。

---

❾譯註：赫赫有名的猶太人銀行家。
❿作者註：「巍里」（Véry）是當時巴黎最好的菜館。

2

◆

用餐時間的巴黎

Paris at Mealtimes

巴黎有太多理由值得一遊：哥德式大教堂、諾曼式教堂、皇家城堡等。儘管如此，人們會從事一趟「法國之旅」，更常見的理由是為了追星（我所說的「星」是指米其林的星星）。這在歷史上還是一個新現象。在前一個世紀（十八世紀），尋找美食並不足以構成造訪巴黎的理由。那時候的法國人都吃得很差。貴族和富有人家的餐桌當然很豐盛，請客的菜餚頂多能吃掉三分之一——剩菜會先由僕人分去，再由剩菜收購商（regrattiers）買走。但一般人家卻不是如此。很少巴黎的公寓設有正式的廚房，有爐灶者更是鳳毛麟角。大部分家庭主婦煮飯時都得將就一個掛在壁爐柴火上的大湯鍋。烤肉叉只有在旅店和殷實人家才看得到。

儘管有這些侷限性，在法國大革命以前，人們都是在家裡吃飯（出外旅行或因事逗留在其他城鎮者另當別論）和招待賓客。飲食被認為是私人的事，而除了在豪門大戶，菜餚也乏善可陳。這對來自遠方的旅人是一大不便（除非他們在巴黎有朋友或帶著介紹信），只能任

「客飯舍」開飯時的駭人場面。出自一八九四年的《倫敦新聞畫報》（Illustrated London News）

由旅店擺布。抱怨旅店環境欠佳和飲食差勁的例子屢見不鮮。

他們必須將就任何送到面前的食物，別無選擇餘地。在一家旅店，你付錢購買的不是某道菜，而是坐在一張公共餐桌的權利。另一個只好一丁點的選擇是到「客飯舍」（table d'hote）用餐，其性質類似「民宿」（Boardinghouse）❶，換言之，是個在固定時間為固定客人提供膳食的場所。如果「客飯舍」有空位，你就可以坐下，不然就得到別的地方碰運氣。在「客飯舍」吃飯從不是一種愉快經驗。在一七八八年出版的《巴黎風情畫》（*Tableau de Paris*）中，梅西耶（Mercier）指出，「客飯舍」女主人會把最好的菜放在桌子中央，但那只限常客享用。這些常客們有不知疲倦的下顎，會留給不幸旅人的只是殘羹剩菜。除了吃不飽，這些旅人還得忍受食客吵鬧而空洞的談話。著名英國農學家楊格（Arthur Young）對這種被迫與一群笨蛋同食的情形特別反感。

到最後，旅人往往還得在熟肉攤買一塊火腿，或是在烤肉店買一塊豬排或一只雞翅，拿回旅店房間啃。如果他想吃到熱騰騰的燉肉，便必須找外燴包商（traiteur），因為只有他們有權賣蔬菜燉肉（ragout）和外送飯食。菜市場裡當然也有熱食：有些女人憑著古老的執照，在店門口擺上一口大湯鍋，用文火燉煮牛羊內臟，

---

❶譯註：民宿是指把房子多餘房間長租出去並為房客提供伙食的人家。

另外由她們的拍檔不斷照管一鍋鍋的燉雞肉。上述兩種選項要麼是不實際，要麼是不衛生。當時，行會（guilds）對不同種類的食品店可賣什麼和不可賣什麼有嚴格規定，所以不可能出現任何類似今人所謂的「餐廳」（一個提供客人獨立桌子和讓客人自點菜色的場所）。事實上，在十八世紀，法文裡的「餐廳」（restaurant）❷一詞並不是指一個場所，而是指可以讓人恢復精力的食物或飲料，例如一杯葡萄酒、一杯甘露酒（cordial）或一盤濃稠得形同肉糊的肉湯。

在一七八〇年前後，巴黎終於出現了一種無法歸類的飲食新場所。它既非食品店，亦非旅店、外燴包商或「客飯舍」，而是一個乾淨、得體的場所。在這裡，一位仕女可以單獨坐在一張鋪了桌布的桌位，點一碗湯或一客沙拉。這種店的目的是為了可以讓路過的人提一提神，而不是飽餐一頓，看來也是因為這原因，它們被稱為「餐廳」。

---

❷作者註：法文單字 restaurer 指的是「提神」，因此 restaurant 這個字的原意是「提神的」。

第一家正式的餐廳於轆轤街（rue des Poulies，今日的羅浮路）開張。幾年後，它遷入聖奧諾雷街（rue Saint-Honoré）的達里格瑞樓（Hotel d'Aligre）。老闆布朗熱（Boulanger）為客人提供以海鹽調味的水煮家禽、新鮮雞蛋和高濃度肉湯。他不被允許提供燉肉，但不用像「客飯舍」那樣，要受嚴格的供餐時間束縛。這種新設施的一大吸引力在於，你在一天中任何時間餓了，都不愁找不到補充精力的地方。這種創新精神並沒有多少人效尤。及至一七八九年❸，巴黎只有四至五家餐廳存在。最著名的一家是「科瓦散」（Vacossin）。到「科瓦散」吃過晚飯的盧梭（Jean-Jacques Rousseau）將那裡的飯菜形容為「聚餐」（picnic）❹，意指分量少，飯錢由所有人平分。

巴黎飲食面貌會大幅改變，原因很多，大革命是其中之一。乍看之下，在一個暴力充斥、

---

❸譯註：法國大革命發生在這一年。

❹作者註：法文的「聚餐」（pique-nique）一詞意指一頓眾人合買和/或分攤費用的餐點。

恐怖瀰漫、戰爭四起和物資缺乏的年代（一七九四年是其高峰），飲食應該不會發達，但卻有幾個因素讓事情反其道而行。首先是監獄對美食的需求甚殷（當時很多人被判死刑，而這些人在死前都希望好好吃喝，所以外燴包商和其他食物供應商接到大量訂單，而他們的名片也在死囚之間流傳。）其他原因還包括政府喜歡舉行豐盛的公共筵席，以及（這是最重要的）整個飲食產業的改頭換面。

孔代親王（Prince of Condé）在巴士底監獄被攻陷的三天後出逃，留下了大批的烤肉師傅、醬汁師傅和酥皮點心師傅——他們全都是在主廚羅貝爾先生（Monsieur Robert）的指揮下工作。羅貝爾先生毫不猶豫在黎賽留街（rue de Richelieu）一〇四號開了一家餐館，名字就叫「羅貝爾」。這是一家貨真價實的餐廳，菜色豐富多樣，提供任何老闆想提供的食物。當時，許多可溯源至中世紀的限制已經寬鬆許多，而主要受惠者正是開館子的人。國王的弟弟普羅旺斯伯爵（Comte de Provence）在一七九一年六月逃離巴黎，他的主廚隨即也在王宮廣場的瓦盧瓦柱廊街（Galerie de Valois）開了一家陳設奢華的餐廳，其所提供的菜單面積大如門擋❺。王宮廣場很快便成為一群又一群老饕的朝聖之地。

亂世的大量發財機會造就了許多暴發戶，而這些暴發戶都食慾奇佳。不過，很少人會樂於在亂世炫耀財富——起碼在後革命時期之前（即「督政府」成立之前）是如此。在家裡大擺筵席會引人嫉妒，為自己招來危險。更佳的做法是到館子宴客，那裡的包廂可以提供一定程度的隱私保障。更重要的是，那時候的巴黎湧入了大批隻身一人的男性：議會成員、記者、好事者和外國來的觀察者。他們很多人在首都無親無故，但仍然需要吃食，於是餐廳這種現代的去處便應運而生：它們在一天的任何時間都提供餐點，而且豐儉由人。這趨勢在「執政府」時期和「帝政時期」❻持續增強。英國記者

---

❺譯註：當時的門擋想必很大。

❻譯註：這兩個時期分別是拿破崙以第一執政身分和皇帝身分統治法國的時期，「帝政時期」又稱「第一帝國」。

布萊格頓（Francis Blagdon）一等巴黎在一八〇二年恢復平靜，便迫不及待要看看超過十年的革命和戰爭把這城市改變成什麼樣子。他把觀察心得總結為兩個字：餐廳。據估計，當時巴黎有兩千家餐廳，到「復辟時期」❼更是增加到三千家（這時「客飯舍」已大體消失，僅剩的也順應潮流，在飯廳裡加入一些獨立的桌子，並提供較多的菜餚選擇）。與此同時，一個新的飲食時間框架也為巴黎人的日常生活結構帶來了深遠的改變。

大革命之前，上流社會人士一日吃三餐：早上六、七點之間吃點東西，大約中午兩點吃第一餐正餐，晚上九點吃第二餐正餐。農人和工人則只能將就一日兩餐。宵夜（Souper）屬於少數人的專利，是舞會或表演結束之後進行。但到了大革命期間，這個進食時間框架瓦解了。這是因為，每日天一破曉，幾乎所有男人都會離開家裡，到議會、俱樂部和各種會社討論問

❼譯註：拿破崙倒台後，波旁王朝復辟的時期，先後經歷兩位國王：路易十八和查理十世。

題，討論個沒完沒了。他們會在早上十一點筋疲力竭，需要找個地方吃飯，飯後繼續討論，到傍晚六點又開始覺得餓。從這時起，早上快結束時吃的一頓飯被稱為「午餐」（déjeuner）❽，以區別於起床時吃的一餐（稱為 petit déjeuner）。一天吃的最後一餐被稱為「晚餐」（diner）。「宵夜」一詞則完全消失了。受惠於這種一日兩頓正餐的新制度，餐館大發利市。

從這時起，不管是哪個社會階層，人們約朋友碰面或是舉行聚會，都會把地點選在餐廳館子。這是一個烹飪被視為無比重要的時代，人人都把飲食視為首要之務，而這種風氣會一直維持到「帝政時期」和之後的時期。美食變成一個重要話題，甚至成了文學的重要題材之一。整個十七世紀只出現過兩本食譜，即《法蘭西料理家》（*Le cuisinier français*）和《搭配香檳的美食》（*Les délices de la campagne*）——它們是幾代家庭主婦的主要憑藉。但食譜在十九世紀

---

❽作者註：就像英語的 breakfast，法文單字 déjeuner 的字面意義是「開齋」（de-fast）。

慶祝聖于貝爾節而在韋富爾（Véfour）餐廳舉行的宵夜。聖于貝爾（Saint Hubert）是狩獵者的主保聖人。）

卻大行其道，最雄心勃勃的是卡巴尼斯（Cabanis）和布里亞—薩瓦蘭（Brillat-Savarin）的作品，後者的《味覺生理學》（*La physiologie du gout*）包含了一系列對飲食藝術的沉思，暢銷無比。大仲馬也出過一本飲食書，包含一些詼諧的插圖、傳聞軼事和精美食譜。這時，法蘭西已成了偉大料理之鄉。巴爾札克一向致力於描寫自己的時代、其人民及其志趣，很自然會自任為這個新趨勢的喉舌之一。

他指出：「若說法國人討厭出國的心理和英國人喜歡出國的心理不相上下，那兩者大概都有充分理由。英國有的好東西總可以在其他地方找到，但想要在法國之外找到法國的妙品卻極端困難。」①而法國妙品的精華正是它的料理，包括了「博雷爾（Borel）❾為老饕所精心烹調的菜餚……還有在國外被視為神話的法國葡萄酒。」②巴爾札克從不吝於批評別國的料理。在《岡巴拉》中，他不屑地指出：義大利是個會把乳酪放在湯裡吃的國家；波蘭是個有二十七種煮粥方式的國家，更別提它那種難喝至極的甜菜根湯（barkschz）❿；德意志人喜歡不同種類的醋，把它們集體稱為萊茵蘭葡萄酒⓫。至於英國人，則有需要最激烈的調味料才能讓他們

---

❾作者註：博雷爾是巴黎著名餐館「康卡樂巖礁」（Le Rocher de Cancale）的主廚。

❿作者註：甜菜根湯的波蘭名字有幾種不同拼法，巴爾扎克故意用 barkschz 這拼法，是想讓人聯想到法文裡的「搞笑」一詞。

⓫譯註：似乎是取義波蘭人把湯煮得像粥，取笑德意志葡萄酒難喝得像醋。

的味蕾恢復作用。

巴爾札克帶我們走遍整個巴黎（兼及河左岸和河右岸），派他的角色到最考究或最普通的飯館用餐，以一本接一本的小說考察了首都的社會和美食實況。《人間喜劇》提到過的餐館大約四十家，因為巴爾札克不滿足於只提最大名鼎鼎的幾家。不管他談到的是最搶眼還是最不起眼的餐廳，他總會在菜單上流連一陣子。他也對它們的收費感興趣。換言之，在重視一家餐廳有幾顆星之餘，他沒有忽略它們的帳單。有兩家餐館在《人間喜劇》名列最高級的三星級：「巍里」（Véry）和「康卡樂巖礁」（Le Rocher de Cancale）。讓我們從最早一家講起，也就是「巍里」，因為呂西安・呂邦波雷（Lucien de Rubempré）⓬就是在這餐廳裡首次見識到巴黎生活的歡愉和可怕。

共和二年「熱月」九日⓭，羅伯斯庇爾

⓬譯註：《幻滅》的男主角。

⓭作者註：法國大革命期間採行了一套新的曆法，給一星期的每一天和一年的每個月都採了新名字。「共和二年熱月九日」相當於西元一七九四年七月二十七日。

（Robespierre）垮台，恐怖統治自此結束，斷頭台從協和廣場（place de la Concorde）搬走，移去了巴黎東郊，巴黎市民開始呼吸到較自由的空氣。杜伊勒里花園（Tuileries Gardens）北邊的弗揚露天座（Terrasse des Feuillants）本來被一堵牆封死，至此恢復歡樂氣氛。督政府時期，一對來自洛林（Lorraine）的兄弟在弗揚露天座開了家豪華餐廳，取名「巍里之家」（Chez Véry）。美食主義者偶爾會批評這餐廳太因循守舊，不太敢開發新菜色，但它的服務品質、豪華裝潢和鑲在牆上的許多鏡子都讓顧客眼花撩亂，趨之若鶩。在一八〇一年，因為要鋪設里沃利街（rue de Rivoli）的關係，「巍里」不得不搬家，但並沒有搬遠：遷入王宮廣場的博若萊街（rue de Beaujolais），位置就在今日的大韋富爾餐廳（Le Grand Véfour）。就像其他餐廳一樣，「巍里」設有許多獨立的桌子，桌子與桌子之間隔著柱子，可用開闔式屏封隔成隔間。它的一個創舉是提供大型聚會和二人私密用餐的包廂，侍者在每次進包廂前一定會敲門。

「巍里」盛名遠播。一八一四年，入侵的俄軍開入巴黎後，一票俄國軍官馬上朝王宮廣場策馬而去，沿途喊著：「巍里！巍里！」復辟時期的一本飲食指南指出：「每個胃一抵達巴黎，第一個想去的地方一定是這裡（指「巍里」），光顧過一次之後便會一去再去。這是因為，它一年到頭都會供應新鮮得像剛從海裡抓起來的魚、頂級野味、以松露作餡料的豬蹄、白布丁和黑布丁、動物的腦甚至通心麵……『巍里』是眾餐廳之中的皇宮，也是皇宮般的餐廳。」③這就不奇怪，當青年詩人呂西安·呂邦波雷（《幻滅》的男主角）遭到那個被他勾引來巴黎的女人冷落時，會想要去「巍里」大吃一頓解悶。對呂西安這樣一個剛來巴黎的外省人來說，去巴黎最好和最典雅的餐廳用餐著實需要幾分勇氣（他前一天才生平第一次上過館子）。他對巴黎是那麼不熟，以致還需要問路，才去得了王宮廣場。不過他最後還是提起膽子，「走進了『巍里』，點了幾樣菜，藉此見識巴黎的樂趣和排遣苦悶。他點了一瓶波爾多紅酒、一盤奧斯滕德⓮生蠔、一條魚、一隻鷓鴣、一碟通心麵和幾樣果點——這便滿足了他的最大慾望。他一邊享受這頓小酒筵，一邊盤算今天晚上要怎樣在德埃斯巴侯爵夫人（Marquise d'Espard）面前賣弄機智風趣，好用精采談吐補救他那身土裡土氣的彆扭衣著。不過，帳單卻讓他從夢中醒過來，也讓他的荷包少了五十法郎，變得更窮。他本以為五十法郎儘夠在巴黎過不少日子，誰知一頓晚飯就花掉他在昂古萊姆（Angouleme）一個月的用度。走出宮殿似的餐廳時，他畢恭畢敬地把門關上，深知自己以後絕不會再來光顧。」④

「巍里」的帳單也常常讓巴爾札克吃一驚，不過，與《人間喜劇》裡的角色不同，他自有一套應付的策略。他會給一大筆小費，在帳單上簽名，再請巍里太太遣人把帳單送給他的出版商。老闆娘巍里太太平素坐鎮在結帳櫃台，盯著侍者和客人的動靜，一面快速算帳。英國

⓮譯註：奧斯滕德（Ostend），比利時城市，所產的生蠔最是上品。

畫家羅蘭森（Rowlandson）為她畫的肖像畫顯示，巍里太太的胸脯非常壯觀。

不過，我懷疑巴爾札克更喜歡「巍里」的勁敵「康卡樂巖礁」。後者的裝潢要更歡快和更現代，氣氛也更輕鬆。這樣的氣氛更適合一家開在中央市場的餐廳，因為這一區比王宮廣場住著更多的勞工階層。「康卡樂巖礁」特別出名的是生蠔⓯。巴爾札克看來嗜吃生蠔。他的同時代人也是如此，例如，路易十八在「百日政變」⓰流亡根特（Ghent）期間，每頓飯前都會先吞下一百顆生蠔。他的飯廳外面就是街道，許多街童喜歡攀在窗戶上，點算這位流亡國王吃了多少盤生蠔，需要有勞警察一再把他們趕走。⑤在吃生蠔一事上，巴爾札克筆下的角色同樣漫無節制。從《朗熱公爵夫人》的一段對話，我們得知蒙特里沃伯爵（Count of Montriveau）流亡聖彼得堡期間，每天以吃一百顆生蠔排愁解

⓯譯註：康卡樂正是法國一處盛產生蠔之地。

⓰作者註：指一八一五年拿破崙從流放地厄爾巴島逃回巴黎，重新掌權的一百天。

憂。漂亮的柯拉莉（Coralie）⓱為取悅情人呂西安，在兩人共進第一頓午餐時特地點了淋上檸檬汁的生蠔。《賽查．皮羅托盛衰記》裡的騙子克拉帕龍（Claparon）後來雖然走投無路、貧窮潦倒，但還是設法弄來生蠔解饞。《絕對之探求》（*The Quest of the Absolute*）的不快樂主角克拉埃（Balthasar Claes）因為是真正的美食家，每次要吃生蠔都是直接從奧斯滕德訂購。

「康卡樂巖礁」的老闆巴萊納（Alexis Balaine）靠著在中央市場賣生蠔起家。巴黎對生蠔的需求非常可觀，一年消耗掉六百萬顆。十七、八世紀之交，巴萊納在蒙托爾街（rue Montorgueil）與芒達爾街（rue Mandar）的交界處開了一家餐廳，吸引到許多美食愛好者的青睞——特別引人注目的一位是康巴塞雷斯（Cambacérès），他是執政府的第二執政。執政府是拿破崙在「霧月」十八日發動政變後成立，從一七九九年延續到一八〇四年。它名義上由三位執政共同主

⓱譯註：《幻滅》裡的角色。

持，但大權實際由擔任第一執政的拿破崙獨攬，康巴塞雷斯（他是法律專家）和第三執政（負責財政事宜）勒布倫（Lebrun）只是備諮詢。由於康巴塞雷斯出了名講究飲食，任何得到他青睞的館子都會聲名大噪。據說，在一八〇一年，拿破崙曾下令，郵車從今以後只許用來運送政府公文。康巴塞雷斯得知後大為惱怒，直接去找第一執政抗議。相傳他這樣說：「如果我們不能提供人人巴望的美食，又要如何結交朋友？統治要靠食物來維繫的。」聽他言之有理，拿破崙便收回成命，允許郵車繼續為康巴塞雷斯運送來自外省的松露火雞、史特拉斯堡（Strasbourg）的餡餅、美因茲（Mayence）的火腿，以及歐石雞（康巴塞雷斯最愛吃的是灰色品種）。

沒多久，美食家學會（Société des Épicuriens）便開始在「康卡樂巖礁」舉行聚會。這餐館的名氣一飛沖天，收費節節上升，聲望多年保持不墜。巴萊納不斷開發新菜色和珍禽異獸，但也繼續供應最簡單的菜餚，例如菠菜火腿和奶油一口酥（vol-au-vent）。它也當然繼續供應生蠔：一年四季不絕，而且總是品質最好的生蠔。在巴爾札克的時代，巴萊納已經退休，把店賣給了博雷爾（他曾跟隨孔代親王一個大廚學師），頂讓價十七萬法郎。這是一筆大錢，相當於一位帝國元帥千金的嫁妝，但「康卡樂巖礁」的水準並未因此降低。巴爾札克對這餐館情有獨鍾，一個證據是，他把一個仰慕他的俄國年輕人邀來這裡作客。他在信上告訴韓斯卡夫人，這個叫倫茨（Monsieur de Lentz）的讀者以最大的毅力堅持要見他一面。巴爾札克最後屈服，約他在「康卡樂巖礁」吃晚飯，在座的還有戈茲朗與雨果。他在寫給雨果的邀請函上說：

> 敬愛的先生：我想跟您聊天，為此本週四席設「康卡樂巖礁」。千萬別約人，把那個晚上保留給我。我明天（週三）早上會到府上說明狀況。
>
> ……
>
> 到時您只會看到一位崇拜您的俄國人、戈茲朗和我⑥。⓲

可惜的是，我們並不知道當晚有什麼菜色，只知道巴爾札克和倫茨在等雨果時嚼了幾隻大蝦和一些蘿蔔。博雷爾以最隆重的方式接待他們，端上桌的是最奢華和讓人垂涎欲滴的菜餚：「每道菜都漂漂亮亮，燒得恰到好處和裝飾精美，又新鮮又乾淨，創造出賞心悅目的效果。」⑦

「康卡樂巖礁」相當於今日的塔耶旺餐廳（Le Taillevent）和圓頂餐廳（La Coupole）的結合體。前者是巴黎最聲望崇隆的餐館，後者是間寬敞、多變化和熙攘的啤酒屋，菜餚無與倫比，客人引人入勝（包括了政治家、記者、作家、編輯、演員和上流社會人士）。無怪乎巴爾札克從一八一五年起就把大量《人間喜劇》的人物角色送到「康卡樂巖礁」用餐，直至該餐廳於一八四五年歇業方才罷休。⑲他們有些是情侶，有些是要談生意，有些是帶名妓來吃宵夜。亨利・馬賽（Henri de Marsay）因為等不及第二天

---

⑱作者註：雨果夫人在巴爾札克的信上潦草地寫上兩句話：「沒必要理他，你已經被我訂走。」

⑲作者註：兩年後，「康卡樂巖礁」在對街重新開業，但東主換了人，也從未能恢復往昔的盛名。

要跟充滿神祕色彩的芭姬塔（Paquita）幽會，便到「康卡樂巖礁」去「像鯨魚一樣大吃，像德意志人一樣牛飲」⑧，以打發不耐煩的心情。一批巴爾札克筆下的公證人事務所書記曾在那裡聚餐，從下午三點一直狂吃至晚上到十點！⑨《幻滅》裡，外省貴婦巴日東夫人（Madame de Bargeton）和她的年輕情人呂西安來巴黎的那個晚上，夏特萊男爵（du Chatelet）刻意把他們帶到「康卡樂巖礁」用餐，以顯示自己是個老於世故的巴黎人。他在餐廳裡「顯得如魚得水。對情敵（呂西安）的猶豫、驚訝、蠢問題和因無知所犯的小錯誤露出輕蔑的微笑，就像是老水手嘲笑在海浪中站立不穩的新手。」⑩他氣定神閒地翻閱菜單，完全不把神情肅穆的侍者放在眼裡（「這些侍者要不是因為年紀太輕，一個外省人大概會以為他們是外交官：他們那副望之儼然的神氣就像是知道自己薪水太高。」⑪）不過，自從跟一些女演員交往過後，呂西安很快便學會這一套，優雅幹練的程度甚至比一直想羞辱他的夏特萊男爵猶有過之。

必須一說的是，當時高級餐廳的菜單都厚厚一本，每頁以細字體印刷成四欄，很容易讓人誤以為是政府發行的《環球箴言報》（*Le Moniteur Universel*）。就像「巍里」一樣，博雷爾提供超過一百種菜色。光是小牛肉就分為烤的、煎的、用豌豆填餡的、以白汁燜的、切片的或做成圓形薄肉片等不同料理方法，還有牛腦、牛耳朵、牛頭、牛舌、牛胰臟和牛排等各種選項（不可忘記的是，餐廳通常一次買入整隻牛，所以不能只賣沙朗或肋排這些高級部位，有必要把其他部分也推銷出去。）菜單除了密密麻麻外，還深如天書。因為高級餐館的廚師都是法國大革命之前在豪門大戶學師，所以也把那時候的深奧菜名給沿襲了下來。到底應該點「蟾蜍石鴿子」（Toadstone Pigeon）還是「金融家鴿子」（Pigeonà la financière）？「羊肉警句」（epigram of lamb）究竟是什麼東東？「荷蘭醬汁」、「德意志醬汁」、「西班牙醬汁」、「義大利醬汁」、「巴伐利亞醬汁」、「細菜絲醬汁」、「乳菇醬汁」和「羅貝爾醬汁」之間又有什麼差異？

這一類不知所云的菜名存活了一段很長時間。從福樓拜的小說，我們得知，有些正統主義者（legitimist）⑳基於政治立場，會拒絕點「奧爾良布丁」（Pudding àla d'Orléans），又偏好來一尾「尚博」大比目魚。㉑為了解救用餐者，一個叫勃朗（Honoré Blanc）的記者想出一個點子：他把二十一家館子的菜單找來，把實質內容相同的菜名並列在一起，再「翻譯」成人人看得懂的法文，好讓美食新手不用在侍者領班面前顯得笨手笨腳。

但不管點菜這事情有多麼麻煩，每個受邀到「康卡樂巖礁」作客的人莫不受寵若驚。《外省的詩神》裡的迪娜（Dinah）想甩掉情人，便把他帶到該處吃飯，以減輕他聽到消息時的打擊。

⑳譯註：正統主義者，指主張王位應該由波旁王朝嫡系繼承的人。

㉑作者註：一八三〇年，波旁王朝的查理十世遭推翻，奧爾良公爵路易—菲力普被擁立為法國國王。因為奧爾良家族只是王室的旁系，查理的孫子尚博伯爵（Comte de Chambord）及其追隨者把路易—菲力普視為篡位者。

《幻滅》裡，可怕的伏脫冷（Vautrin）用最精美的餐點招待煙花女愛絲苔（Esther），企圖讓她對自己百依百順。《貝姨》裡的于洛男爵（Baron Hulot）為討瑪奈弗太太（Valérie Marneffe）的歡心，也是一再把她帶到「康卡樂巖礁」。就連摩弗里紐斯公爵夫人（Duchess of Maufrigneuse）那麼挑剔講究、從不上餐館的人，一樣被「康卡樂巖礁」迷倒：「她喜歡任何有趣和即興的消遣。餐廳不在她的經驗範圍內，所以，追她的埃斯格里尼翁（d'Esgrignon）便在『康卡樂巖礁』搞了個有趣的小宴會，邀請一票可愛的浪子參加……宴會上妙語如珠、笑聲連連，歡樂氣氛的高亢足以跟帳單上的數字相抗頡。」⑫雖然漂亮的迪娜清楚顯示自己擁有獨立思考能力，但巴爾札克還是不讓她出現在《貝姨》的最後一幕，以免她出洋相：那個晚上，在「康卡樂巖礁」，只見一票「璀璨迷人的女人走過餐廳大廳，走向一個大型包廂。她們的錦緞晚禮服綴滿英國蕾絲（數量多得足以養活一個村子一個月），頭上戴著珍稀的鮮花，身上晃著珍珠與鑽石。」⑬這些煙花女子和他們的仰慕者在一張大圓桌坐下（燈光如水銀瀉地，桌上擺著博雷爾專保留給這種盛會使用的銀餐具），一面啜食生蠔，一面笑笑說說，繼而享用湯、家禽、餡餅、魚和烤肉。在座一共十四人，卻喝掉了四十二瓶的酒——對於這個數字，我們該作何感想？它聽起來不可思議，但要知道，縱貫整個十九世紀，巴黎人不管是單獨吃飯、兩人吃飯還是一群人共餐，喝酒都喝得很兇。在小說《情感教育》（*Sentimental Education*）裡，福樓拜以毫不驚訝的口吻告訴我們，當阿爾努（Arnoux）和腓特烈克（Frédéric）一起吃午餐時（前者是中產階級巴黎人，後者是來自外省的大學生），共點了一瓶「索甸」（Sauternes）、一瓶「勃艮地」、一些香檳和一些烈酒。雖然喝得比阿爾努少，但腓特烈克回家後還是需要睡午覺。哥提耶（Théophile Gautier）㉒有一次看到，巴爾札克為了慶祝小說完稿，連喝了四瓶「梧

㉒譯註：哥提耶，法國著名詩人、小說家、評論家，「為藝術而藝術」原則的主要倡導者之一。

雷」（Vouvray）：「這種白葡萄酒是人類所知最容易讓人醉倒的一種，但他的強健腦袋卻一點都不受影響，唯一效果只是讓他格外風趣。」⑭巴爾札克相信，酒精之所以對他莫可奈何，是因為自己有長期喝咖啡的習慣。但不管怎樣，他都承認自己是個「昂貴的客人」㉓。⑮

當時的人都大量喝酒，又極少喝水。綜觀整套《人間喜劇》，只喝水的角色僅兩個，一是作家阿泰茲（Daniel d'Arthez），他是巴爾札克心目中那種理想藝術家的典型；另一位是德埃斯巴侯爵夫人㉔，這個喜愛賣弄風騷的女人只喝水是為了保持容顏永遠年輕。在《紅房子旅館》裡，巴爾札克也提到一個人要拿水喝，但這個人會想喝水，卻是出於非常特殊的原因。該段落描寫銀行家泰伊番在一席晚宴上聽著另一個客人談一宗神祕的謀殺案。對本人來說，這謀殺案毫無神祕可言，因為兇手不是別人，就是

㉓譯註：這些酒由他的出版商埋單。

㉔譯註：見於《幻滅》和《賽查・皮羅托盛衰記》等小說的角色。

他自己。不過，因為心虛，他一連撞翻了兩壺水，因而引起了別人懷疑。在《煙花女榮辱記》的最後，伏脫冷因為擔心呂西安的命運，極度焦慮不安，不知不覺把他牢房裡的一小桶水給喝光。在《人間喜劇》的世界裡，喝水從不是一種自然的行為，而是一條線索。

巴爾札克太喜歡「康卡樂巖礁」了，所以不願給予其他餐館等量齊觀的分量。不過，他倒是提到過「普羅旺斯三兄弟」（Frères-Provençaux）。這餐館的三個店主（三人其實是表兄弟）在大革命期間來到巴黎，在王宮廣場附近開業，店址位於愛爾維修街（rue Helvétius，今日的聖阿內街〔rue Sainte-Anne〕），面朝盧瓦街。在鋪著油布的桌子上，他們把普羅旺斯料理介紹給巴黎人，製作的馬賽魚湯（bouillabaisse）和烙鱈魚（brandades）大受歡迎。羅伯斯庇爾的恐怖統治結束後，「普羅旺斯三兄弟」搬到了博若萊柱廊街（galerie de Beaujolais）。雖然價錢比最知名的餐館便宜，它的菜餚水準卻不遑多讓。但巴爾札克從不對這館子著墨太多，也只會派一些讓人不敢恭維的角色來這裡吃飯，包括費利克斯·旺德奈斯（Félix de Vandenesse）的父母或討人厭的冒牌銀行家克拉帕龍（正是他害老實的香粉商人皮羅托破產）㉕。「普羅旺斯三兄弟」也許是卓越的餐館，但它在巴爾札克的美食指南裡卻沒有得到最高等級。儘管如此，它依然生意興隆：到了一八四八年，福樓拜筆下的阿爾努還來這裡光顧（但吃過之後卻抱怨菜餚不如以往精美）。其實，巴爾札克會不喜歡這餐館，是因為它位於王宮廣場一帶。

看起來，從一八三〇年起，王宮廣場便已沒落，不為時髦人士所喜。男人也許還會約在「格里尼翁」（Grignon）吃午餐，但動機通常是為了炫耀，而且經常以喝得爛醉結束。這是一個沒落的表徵。十八世紀的時候，王宮廣場是尋歡作樂的好去處，林立著許多商店、咖啡廳、餐廳、賭場和遮遮掩掩的妓院。但不知出於什麼原因，到了十九世紀，它卻變得惹人不愉快，

㉕譯註：見《賽查·皮羅托盛衰記》。

有些部分甚至顯得陰森。《人間喜劇》裡最著名的煙花女愛絲苔在這一區住過一陣子，而巴爾札克形容，她住的朗格拉德街（rue de Langlade）「狹窄、陰暗、泥濘……到了晚上會顯得神祕兮兮，充滿強烈對比。」⑯在《岡巴拉》中，巴爾札克讓主角走過寒衣街（rue Froidmanteau），指出「這是一條骯髒、陰暗、行人稀少的街道，猶如陰溝。警察竟能容忍環境乾淨的王宮廣場近旁有這樣一條街，著實讓人不解，情形就好比一位義大利管家聽任幹活馬虎的僕人把宅中垃圾掃到樓梯底的角落。年輕人躊躇著。看他那樣子，無異於一個穿著俗麗的市民妻子站在被雨水漲滿的排水溝前面引頸觀望！」⑰英譯文中的「市民妻子」原文作「布爾喬亞」，而巴爾札克選擇這個字是蓄意的：環繞王宮廣場一帶的丟人景象讓新興的布爾喬亞階級感到不悅。

從那時起，義大利大道（boulevard des Italiens）成了熱門去處，是「任何有頭有臉的人每天至少會經過一次」的通衢⑱。在一篇談巴黎新街區

義大利大道是十九世紀巴黎最時髦熱鬧的通衢。圖片來源：Wikimedia Commons, Scanné par Claude Shoshany

的文章裡，巴爾札克熱情洋溢地指出：「如今，林蔭大道之於巴黎，猶如『大運河』之於威尼斯，科索大道（Corso）之於羅馬……葛拉本大道（Graben）之於維也納……你可以在那裡找到知性自由，找到生命本身。」⑲這裡也可以找到一些極棒的咖啡廳，包括拉菲特街（rue Lafite）的「哈地」（Hardy）、佩爾捷街（rue Peletier）的「里什」（Riche），還有巴黎咖啡廳（Caféde Paris）和英吉利咖啡廳（Cafédes Anglais）。這些所謂的「咖啡廳」當然都是餐廳，但卻是新一波的餐廳，不那麼專注於提供美食，特色是夠酷，不是價錢貴。人們去那裡用餐，主要目的是被人瞧瞧而不是大快朵頤。但英吉利咖啡廳的菜餚仍然很精緻，而且具備一個額外優點：設有二十四個包廂。這就不奇怪，漂亮的紐沁根太太（她有個又胖又好騙的銀行家老公）總是把最新一任情人帶來這裡用餐。[26]她也是從這裡訂餐，送去給住在單身公寓裡的新情人歐仁·拉斯蒂涅（Eugène de Rastignac）。若干年後，拉斯蒂涅將會成為英吉利咖啡廳的常客，常常被人看見與時髦公子中的佼佼者亨利·馬賽（Henri de Marsay）同桌。至於巴黎咖啡廳，其烹飪水準雖遜於英吉利咖啡廳，但裝潢更考究。它的座椅舒適，銀餐具總是閃閃亮，是個富家公子樂於消磨時間、讓自己被別人瞧瞧的所在。

有一家一流的咖啡廳在《人間喜劇》裡很明顯缺席：「哈地」。它的一大特色是供應「叉

[26]譯註：包廂關起門來可以做任何事。

在巴爾札克時代的一流咖啡廳「哈地」於一八三九年重新開張，易名為「多雷府邸」，攝於一九〇〇年。
圖片來源：Wikimedia Commons

子午餐」（déjeuner àla fourchette）：這種午餐由一個侍者站在大餐吧前面，用一根長叉子幫客人想吃的冷盤凍肉給叉過來。事實上，當這咖啡廳在大革命期間開張營業時，其老闆哈地太太並不提供熱食。它的客人以單身男性為主，從大約早上十一點起供應生蠔、凍肉和餡餅。有意思的是，這裡提供沙拉，卻不提供蔬菜。甜點包括了奶油、水果布丁和冰淇淋．後來，當午餐在「帝政時期」成為重要一餐後，哈地太太循眾要求在餐吧旁邊添了個大烤架。客人站在烤架前面，看著侍者領班烤炙豬蹄、腰子或雞排，再在上頭裹以一層「地獄之火」（即一層鹽巴和辣得足以讓人上顎掉下來的胡椒粉）。「哈地」在「帝政時期」生意興隆，卻從來沒有變成一家晚餐餐廳。自創辦人退休後，「哈地」風光不再，失去了它在「復辟時期」的許多版圖。多年以後（一八三九年）它重新開張，易名為「多雷府邸」（Maison Dorée），常常會有美其名為「伴遊」的女人光顧，但任何良家婦女都避之唯恐不及。

這時，午餐已經成了年輕人高度看重的一頓飯。合宜禮節要求不能對這一餐太認真，但午餐的內容最後變得非常豐富。在一篇發表於《世界報》（*La Mode*）的文章裡，巴爾札克主張午餐應該吃得隨性瀟灑，太講究優雅是俗不可耐的表現。《不自知的喜劇演員》裡的佐納勒（Sylvestre Gazonal）正是箇中例子。他是個住在庇里牛斯山東部的蕾絲製造商，因為談生意而到巴黎，被時髦闊氣的畫家表弟德洛拉（Léon de Lora）邀去吃午餐。這個外省老土赴約時犯了一個錯誤：穿得太稱頭。除了穿著鮮藍色西裝、有縐褶花邊的襯衫、白色西裝背心之外，他還戴了奶黃色手套。更糟的是，他犯了早到的大錯。侍者領班向他指出，在巴黎，早上十點吃午餐會被認為是荒謬的事，紳士的用餐時間都是介於十一點至中午之間。⑳德洛拉和他的漫畫家朋友畢西沃（Bixiou）恰如其分地在十一點半抵達，穿的衣服有如是隨手抓來（至少佐納勒是這樣的感覺）。三人「狂吃」了一通，共吃掉「六打奧斯滕坦生蠔、六份蘇比斯醬汁炸肉排、一隻番茄蘑菇炸雞、一隻蛋黃醬龍蝦，又灌下三瓶『波爾多』、三瓶香檳、許多杯咖啡和烈酒。」㉑最讓佐納勒印象深刻的不是食物的豐盛，而是表弟付帳時付出的大把金幣。他甚至注意到德洛拉給了多少小費：三十個蘇。這相當於一個工人的一日薪資。

在里什咖啡廳，客人要沒那麼隨便。至少巴爾札克的時代是這樣，因為三十年之後（我們在左拉的小說中讀到），有些妓女喝醉後會在私人包廂牆上的鏡子寫些穢褻的話。一幅同時代人畫的版畫讓我們可以一窺「里什」的規模。版畫裡描繪的是廚房的情景，只見其中一個角落擺著一個寬得夠放六支烤肉叉的烤肉架。另一個角落是肉類存放間，其上方垂掛著一些兔子、鷓鴣和雞。廚房中央有個大爐灶，八、九個廚師圍著它烹調。版畫裡還看得見兩個用來養魚和龍蝦的水族箱。在這一切的最前面是兩張長桌子，供點心師傅製作甜點和侍者把甜點裝碟。貼牆的一排架子上放滿盤子和廣口瓶，地板上放著一桶桶的鯷魚、沙丁魚和醃黃瓜。天花板上有個吊架，用來吊掛湯鍋和砂鍋。三個面目嚴肅、穿著黑衣服的人物站在忙碌的眾人中央，負責指揮侍者的行動。不像去英吉利咖啡廳或巴黎咖啡廳的客人，到「里什」光顧的客人不是為了讓人瞧瞧，而是為吃上門，而且只要吃過一兩次，便會成為常客。

在《外省的詩神》裡，窮記者艾蒂安·盧斯托（Etienne Lousteau）匪夷所思地勾引到迪娜·

拉博德賴（Dinah de la Baudraye），讓她甘願拋棄豪宅和男爵老公，到巴黎跟他會合。自此，兩人每晚都會到「里什」的包廂用餐，直至有一天男爵夫人發現餐廳收費驚人，驚覺這樣下去不是辦法：

> 「親愛的，」她說，「你就專心把小說寫完，別再為生計奔忙了。只管打磨好你的文體，善用你的題材。我養尊處優太久了，從明天起，我要當個家庭主婦，管理好家務。」〔中略〕
>
> 「其實嘛，被一個廚娘搶錢㉗和被一家館子搶錢是差不多的。」盧斯托說。㉒

迪娜說到做到，第二天起便洗盡鉛華，從貴婦人變成家庭主婦，但反而糟了：她在情人

㉗譯註：當時私人家庭裡的廚子汙錢汙得很兇，詳下文。

眼中魅力盡失。其實她應該繼續吃外食的，哪怕這意味著他們得選一家較不昂貴的館子。巴黎不乏吃飯的好地方，有些館子不那麼有名，不那麼考究，但仍然值得光顧。

在大革命之後，餐廳是那麼繁榮興旺，以致很快整個巴黎無處不見餐廳。據戈茲朗回憶，巴爾札克喜歡在首都裡四處逛，假裝說他需要透過看店招或告示來為一個角色找名字或為一本小說找靈感。有一次，有幅畫著個鐘面（指針指著四點）的店招吸引住他的目光。這家店位於夏洛街（rue Charlot）與聖殿大道（boulevard du Temple）的交界處，遠離商業中心區，但水準仍然挺高。因為菜餚頗為有名，許多人都喜歡偶爾來這家叫「藍鐘面」（Cadran Bleu）的餐廳花點錢。「藍鐘面」繼承「客飯舍」的傳統，主廳裡放著一張長餐桌，但另外又設有二十來張獨立的桌子。更重要的是它備有十八個私人包廂。對「藍鐘面」很熟的伏脫冷就曾經把伏蓋太太（Madame Vauquer）帶來這裡吃過烤香菇。㉘每逢赴這些約，伏蓋太太都會束緊束腹，穿上一件時髦外衣，樣子讓人聯想起另一家館子的店招——那館子的名稱是……「摩登牛」（Boeuf àla Mode）！《邦斯舅舅》裡的壞心眼門房西卜太太（Madame Cibot）年輕時在「藍鐘面」工作過，得到「美麗剝蠔女」（Belle Ecaillère）的外號：環繞這一類委婉語上演的胡攪瞎搞晚間聚會是聖殿大道的拿手好戲。年輕男子來這地方的時候一定是呼朋引伴。

但巴爾札克散步得要更遠，會一路走到克利希（Clichy）的通行稅關卡。這裡有一家大革命之前便開業的卡巴萊（cabaret）㉙，它一個有名之處是一八一四年時曾充當蒙塞元帥（Maréchal Moncey）抵抗俄國人的總部。波旁王朝復辟後，上流社會的人物都喜歡到這裡來看表演，不介意跟尋常百姓混處和得面對粗魯的侍者。這裡的菜餚可口美味，而可以證明這一點的是，巴爾札克筆下的乞丐角色聖絮爾皮斯（Saint-Sulpice）是它的死忠顧客（此君就像任何精於行乞

㉘譯註：見《高老頭》。
㉙譯註：有舞蹈、歌唱表演助興的餐館。

的人那樣，累積了大量家財）。另一家巴黎人常光顧的館子是「卡特孔姆」（Katcomb），由一個英國人經營，開在一棟大樓的一樓（大部分餐廳都是開在二樓）。「卡特孔姆」只提供烤牛肉（佐以馬鈴薯、蕪菁、胡蘿蔔和豆子）。店裡的桌布每日更換，但每張桌子備有一把刷子，供客人掃掉前面客人留下的食物屑。另外，每張桌子也放著一小壺的葡萄酒。收費是均一價。這就不奇怪巴爾札克會派一個低級公務員㉚每天來這裡吃飯。每個顧客往外走時都是在結帳櫃台放二十個蘇，從沒有人會給女侍小費（她對待每個客人的態度也是「均一」，即一樣的差）。另外值得一提的是，店老闆完全談不上和藹可親，也絕不能容忍顧客挑剔或提出額外要求。

再來還有開在夏特萊廣場（place du Chatelet）的「吃奶小牛」（Veau-qui-Tête），它是低下管理階層和情侶相約吃羊蹄餐之處。另外一家值得

㉚譯註：指《公務員》裡的維默（Vimeux）。

一提的店是「紅馬」（Cheval Rouge），它是那麼的平庸和沒有吸引力，以至於來這裡光顧的都是些想避人耳目的人。要避人耳目從不是容易的事。在任何餐廳，即便你是坐在私人包廂裡，一樣會有被人認出或偷聽到說話的風險。正因為這樣，《小市民》裡的塞里澤（Cerizet）和泰奧多茲（Théodore）每次想找個地方商量陰謀詭計都煞費思量，而最後也總是會選中位於圖爾內勒碼頭（quai de la Tournelle）的「紅馬」。他們有充分理由相信，在晚上七點以前，那裡不會出現其他客人。巴爾札克對這地方很熟。

巴爾札克一度起意要搞一個記者的祕密會社，想以此拉攏記者，讓他們在報上說他好話。不過要做到這一點並不容易，因為你得先找到一個夠隱密的聚會地點。據戈茲朗回憶，有一天，巴爾札克約了一群記者四點鐘在植物園（Jardin des Plantes）碰面，然後帶他們去一家他新發現的館子（地點離植物園不遠）吃飯。大家跟在他後面走，只見他去到圖爾內勒橋旁邊的碼頭，氣定神閒地停住。「在我們站立的地方，完全沒有任何館子的招牌，也沒有任何咖啡廳的跡象，不過倒是有一個不起眼的建築，樣子就像是城市外圍的葡萄酒釀造廠。我抬起頭……只看到一個不成形狀的招牌，懸在一棟狹窄房子的三樓，然後……我用力地看，看到招牌上畫著一個漆成紅色的馬屁股……馬蹄下面寫著兩個字：紅馬……那營業空間空蕩蕩的，庸俗得跟店招不相上下。它位於院子盡頭的一個貨倉，介於一口井和一家賣木桶的商店之間……那天第一次在那裡吃飯時，菜餚並沒有特別好吃。」㉓。

談過「紅馬」之後，我們要進入三星級學生餐廳的領域（這些館子一頓飯的價錢都不超過兩法郎）。當時這類場所如雨後春筍出現，為布爾喬亞階級的學子提供尚稱舒適的服務（有若干選擇性的菜單和乾淨的桌子），以致連出了名吝嗇的貝姨（cousin Betty）都認為，它們是單身漢吃飯時的合宜選擇。據布里亞—薩瓦蘭㉛

㉛譯註：十八世紀的最高美食權威，著有《味覺生理學》。

指出，當時許多餐館老闆都意識到，大學生、士兵、店員和外國人是夠大的客源，值得他們努力提供價廉物美的食物。想要做到這一點，只需要在菜裡多用牛肉，少用小牛肉；多用下水，少用肉片；多用鯡魚、鯖魚、小鱈魚和鰩魚，少用鰈魚或梭魚；多用家禽、少用野味；而且絕不使用蘆筍或草莓當配菜，而是大量使用胡蘿蔔、蕪菁和馬鈴薯。大部分這種店的飯菜都是可入口的，哪怕呂西安對於自己落得要在王宮廣場的「于爾班」（Hurbain）吃四十個蘇一頓的飯感到忿忿不平。巴爾札克也提到了聖奧諾雷街後面的平價飯館「塔巴爾」（Tabar）：記者斐諾（Finot）早年常常到此間吃飯，那時他尚未發跡，窮得要命，「穿的靴子只有靴統、沒有靴底……他那身破舊不堪的衣服怎麼還沒有解體，是個讓人參不透的謎，神祕得不下『童女懷孕』[32]。」㉔在同類型餐館中，巴爾札克描寫得最詳細的是拉丁區的「弗利谷多」

[32]譯註：指基督教裡所說的，聖母是以處女之身懷孕。

（Flicoteaux）。我說過巴爾札克喜歡利用餐館作為推進小說情節的地點，而「弗利谷多」和伏蓋民宿（Vauquer boardinghouse）都是最佳例子。

「弗利谷多」位於黎塞留新街（rue Neuve de Richelieu）拐入索邦廣場之處（黎塞留新街在鋪設聖米歇爾大道〔Boulevard Saint-Michel〕後消失）。川流不息來到這裡的大學生會在窗外看到的不是填餡雉雞，而是大碗大碗的燉李子和六磅重的長麵包。店主不提供任何珍饈，也不講究食物的賣相，只管負責照顧好客人的胃。店內的陳設簡單得像修道院，就只有兩張以直角排列的長餐桌。它的常客都是些按月付費的年輕人，每人各有一條「穿在編了號金屬環裡的餐巾」㉕，吃飯時自行取用。早期，桌布只會在星期天更換，後來迫於競爭壓力，改為每星期換兩次。正如呂西安觀察到的：「晚飯一共三道菜，定價十八個蘇，附有四分之一瓶葡萄酒或一瓶啤酒，多付四個蘇就可以把葡萄酒改成一整瓶。作為年輕人之友，『弗利谷多』若不是在菜目單上印有『麵包請適量取用』幾個大字（它的競爭對手都不肯用大字體印刷），早已賺翻。這是因為，年輕人都把這行字解釋為『麵包請盡量取用』。很多大名鼎鼎的人物年輕時都受過『弗利谷多』的餵養。」㉖年輕人都吃得很快，而侍者又寥寥無幾，所以注定只能供應一些絕不會出人意表的菜色。㉗

> 菜的種類不多。馬鈴薯的供應終年不斷——哪怕愛爾蘭連一個馬鈴薯都沒有了，全世界都絕跡了，你照樣會在「弗利谷多」找到。三十年來，它始終把馬鈴薯煎成淡金黃色（提香㉝最愛的色調），再在上面撒上剁碎的菜葉：一八一四年時是如此，一八四〇年時也是如此，毫無歲月痕跡，讓女人看了吃味。羊排和牛里脊在這裡算是了不起的名菜，相當於巍里餐廳的松雞和鱘魚片，必須預訂才吃得到。

㉝譯註：Tiziano Vecellio，十五、六世紀義大利大畫家。

> 母牛肉不少，會以各種巧妙偽裝混充為小牛肉。一等小鱈魚和鯖魚在法國海岸湧現，「弗利谷多」也會大量出現，總之，它的一切都跟季節的轉換和法國農業的變化直接相關。在「弗利谷多」吃晚飯會讓你學到大量知識，而這些知識都是有錢有閒、不關心自然秩序的人從來想不到的。拉丁區的大學生對季節的變化和收成的好壞最清楚：他們知道什麼時候大豆和豌豆豐收，哪些沙拉的食材最是豐盈。每當白菜在中央菜市場泛濫，他們會馬上知道，甜菜歉收也會即時得知。早在呂西安的年代便流傳著一則謠言，說是牛排的供應量和馬匹的死亡率成正比。㉘

在這番流連忘返的題外話裡，巴爾札克又觀察了「弗利谷多」的顧客。與其他餐廳不同，到此光顧的人並不是為了找樂子和看看其他顧客。小說家認為，他在這些人身上看到了一個新的世代：

> 巴黎很少館子會那麼值得一看。「弗利谷多」每個顧客都是年輕人，你看到的只有青春朝氣、自信、不怕窮苦的自得其樂的精神；當然，表情激烈、嚴肅、又陰沉又騷動的臉不是沒有。每個人穿著很隨便，若是某個常客哪一天穿戴特別整齊，大家會馬上注意到，知道他一定有事。誰都知道那不是去會情人，便是上戲院或者到上流社會交際。除了一般為著同鄉關係，坐在桌子盡頭一起的青年之外，吃飯的人大都一本正經，難得眉開眼笑，或許因為喝的是淡酒，興致不高。「弗利谷多」的老主顧可能還記得某些神態抑鬱、高深莫測的人，身上彷彿裹著貧窮的冷霧，吃了兩年飯，忽然像幽靈似地不見了，便是最

> 愛管閒事的熟客也摸不清他們的底細。在「弗利谷多」認識了新朋友的人往往會再到鄰近的咖啡廳喝一杯又濃又甜的潘趣酒（punch），或者來一盅摻烈酒的咖啡，藉著暖烘烘的酒意鞏固友誼。㉙

雖然調侃「弗利谷多」的飯菜，但巴爾札克又承認，對來自最貧窮外省地區的大學生來說，這館子的膳食與外省一般家庭相比，已屬奢侈，又說他們會像伏脫冷那樣，一想到住在窮鄉僻壤的拉斯蒂涅家喝的那種栗子湯就會瑟瑟發抖。

不過，被巴爾札克派去「弗利谷多」吃飯的大學生角色並不多。在他的筆下，這餐館更像是作家和記者的俱樂部，不是大學飯堂。《幻滅》裡那個「小團體」的成員全是在這裡認識。我們在這裡可以找到呂西安，他當時被「導師」拋棄，身上只剩兩百法郎，搬進了離索邦大學非常近的克呂尼街（rue de Cluny），每天晚上都會來此用餐。愈早到當然會有愈多菜色可以選擇，所以呂西安很快就學會四點左右便上門。他也聰明地選擇坐在一張接近結帳櫃台的二人小桌，以便可以結識老闆（這種交情在經濟拮据時說不定有用）。就是在這張小桌子，他認識了一個臉色蒼白而英俊的年輕人。兩人在同桌吃飯一星期之後開始交談，而呂西安從女掌櫃那裡得知，他的新朋友艾蒂安·盧斯托專為一份小報撰寫文學評論和戲劇評論。盧斯托只要手頭一有點錢便會從「弗利谷多」消失，呂西安得要努力克制自己，才不致仿效盧斯托那樣亂花錢。後來，他又在店裡認識了阿泰茲（Daniel d'Arthez），對方是個律己極嚴的天才（這從他前面放著一瓶水便可得知），而他的幾個好朋友——包括畢安訓（Bianchon）、約瑟夫·勃里杜和歐爾·克雷斯蒂安（Michel Chrestien）同樣才智出眾而生活謹嚴。自此而下，「弗利谷多」更像一個舞台，呂西安從一個小團體移動到另一個小團體，最終背叛了阿泰茲。

真正窮的學生負擔不起「弗利谷多」。這類人會去的是一些邋遢許多的食店：每天傍晚結束，這些店的桌子撒滿食物碎屑，侍者坐在屋角打盹，店內「瀰漫著廚房油煙、油燈和菸草的混合氣味。」㉚不然就是會在聖雅克街（rue Saint-Jacques）東端的民宿找到他們（這裡近先賢祠❸❹多於近索邦大學）。在這個鳥不生蛋的所在，「一輛車子轆轆開過的聲音便是天大事件。屋子的外觀一片陰沉，高高的圍牆帶著幾分牢獄氣息……這是一個由民宿構成的郊區……貧窮而枯燥乏味。」㉛《高老頭》裡的伏蓋民宿就位於這一區。

看一看伏蓋太太（Madame Vauquer）的飯廳和她提供給房客的飲食，便會讓人不由得開始懷念「弗利谷多」。她的長餐桌圍了十八個房客，每人每月的伙食費是三十法郎。額外享受得要加錢：一個月加十五法郎的話，咖啡裡就會摻入一小杯白蘭地。醃黃瓜和鯷魚只保留給

---

❸❹譯註：巴黎法學院位於先賢祠內。

最慷慨的房客享用。這裡不僅沒有桌布，連餐巾（不管已經用得多髒）也一星期才換一次，用來暫時放菜的邊几被掉落的菜屑弄得黏乎乎。最常見的一道菜（莫里哀筆下的阿巴貢㉟已提過這道菜）是去骨羊肉（haricot mutton），以廉價的羊肉部位去骨後烹煮而成，搭配著胡蘿蔔和蕪菁上桌。那是最廉價的菜餚，任何工人階級食店的菜單上一定看得見。剩菜總是會在第二天翻煮，改為搭配馬鈴薯上桌。房客吃到的梨子是市面上最便宜的一種，而且總會有爛掉的部分。伏蓋太太提供的黑醋栗汁喝了會引起肚子絞痛，她的餅乾邊上有一圈黴菌。唯一稍稍讓人驚喜的是，地窖除了放著一些日常貨色之外，還藏了些香檳，每瓶收費十二法郎。她總是小心翼翼把房客喝剩的香檳倒在一起，湊滿一整瓶。在民宿與在最廉價餐館吃飯的最大不同，是你會被迫與三教九流雜處，完全不可能有參與睿智談話的機會。餐桌的吵鬧和粗俗構成了

㉟譯註：見於莫里哀的喜劇《守財奴》（*Harpagon*）。

民宿最可怕的一面。有一天，《高老頭》裡的拉斯蒂涅（他是伏蓋太太的房客之一）到表姊鮑賽昂子爵夫人（Vicomtesse de Beaus-éant）拜訪，被留下來吃午飯。不過，他稍後當然還是得回伏蓋太太家吃晚餐，結果，午餐和晚餐的對比強烈得讓他難以忍受：

> 回到聖熱內維埃弗新街（Rue Neuve-Sainte-Genevieve）之後，拉斯蒂涅匆匆跑上樓，拿了十法郎去付馬車車資，繼而去吃晚餐。他瞧了骯髒的飯廳一眼，看見十八個窮酸的房客正像牛廄裡的牛隻一般吃食，覺得醜惡至極。環境轉變得太突兀了，對比太強烈了，格外刺激他的野心。一方面是高雅社會的新鮮可愛的面目，個個年輕、活潑、有詩意、有熱情，四周又是美妙的藝術品和闊綽的排場；另一方面是一幅陰慘的畫面，食客的臉上毫無生氣，像是由滑輪和繩索構成的

機器，只知道大吃大嚼。㉜

經過上述一番考察，我們可以知道巴黎的飲食光譜非常寬闊。但法國的其他部分又是如何？選擇少得可憐。出了巴黎之後，你便找不到任何現代意義下的餐館。就連在首都郊區的聖克盧（Saint-Cloud），你都不可能吃到一頓正式的午餐，即包含開胃菜、烤肉、家禽和果點的一餐。有一天，當巴爾札克和戈茲朗去到聖克盧時，突然感到肚子餓，便找了一家旅店吃飯。他們吃了煎羊排和堆成一座金山似的胡瓜魚（smelts），但還是覺得餓。可悲的是，店家並不供應羊腿、燴雞或油燜小牛肉。「那你們有供應斯芬克斯（Sphinx）㊱嗎？」戈茲朗問侍者。侍者滿臉錯愕，便到樓下的廚房問去。「斯芬克斯？你真的要吃斯芬克斯嗎？」巴爾札克問他的朋友。「對，」戈茲朗回答說，「你想在聖克盧這裡吃到一頓巴黎的午餐，這跟想要

㊱譯註：即神話故事裡的獅身人面獸。

吃斯芬克斯沒有分別。」侍者回來後表示，店裡的斯芬克斯已經賣光。

在外省地區，旅人別無選擇，只能信賴旅店老闆。但這些老闆全都一個模樣，「全都逃不出歷來小說家（從不朽的塞萬提斯到不朽的史考特㊲）為他們摹畫的固定形象。因為，難道這些老闆不是全都吹噓他們的廚師廚藝了得？不是全都說『您點什麼就給你上什麼』，但到最後又總是會給你端來一隻瘦巴巴的雞和用發臭牛油烹煮的蔬菜嗎？他們總是吹噓店裡的藏酒有多麼上乘，但你能喝到的又總是當地產的土酒。」㉝這些老闆經營的總是鎮上最好的一家旅店：因為整個鎮僅此一家，別無分號。就連《農民》裡那個在勃艮地經營酒攤的通薩爾太太（Madame Tonsard），雖然廚藝高明，仍然只提供很辣的菜餚（為的是想讓客人多喝兩杯）。在外省，除非受邀到私人家裡作客，否則你別想吃到好東西。這種情況終十九世紀仍沒有改

㊲譯註：塞萬提斯，西班牙小說家，《堂吉訶德》的作者。史考特是與巴爾札克同時代的蘇格蘭小說家。

變，也只有鄉村藥劑師奧默（Homais，見《包法利夫人》）才會天真地以為，養在榮鎮（Rouen）諾曼第咖啡廳大理石水槽裡那幾隻無精打采的龍蝦會滋味無窮。

巴爾札克對餐廳充滿熱情，但又深知，真正的豪華排場和考究食物不會在公共場所找到。

3

金炊玉饌

Great Occasions

巴爾札克既是寫實主義小說家，又是逃避現實的幻想家，而最能刺激其想像力的，莫過於描寫一場筵席。他筆下的飲宴固然常常有根有據，但他有時又會不耐煩於記錄事實，直接縱身想像，敷演出一個奇幻世界：銀行家泰伊番（Taillefer）家裡舉行的那場豪奢盛筵便是箇中例子。沒有人知道他的犯罪底細（這底細會到《紅房子旅館》才披露），泰伊番有著一張庸俗和紅通通的臉，是個相當讓人不自在的角色。在《高老頭》裡，他的身分是維克托莉（Victorine）的父親，非常富有又極為小氣，但巴爾札克卻在《驢皮記》裡安排他搞了一場窮奢極侈的豪宴。泰伊番找來一批事業成功的巴黎人（包括知名記者、畫家、詩人、政治家）共襄盛舉，保證這宴會的「規模將遠遠超過任何現代的小呂居呂斯（Lucullus）❶。」①泰伊番住在儒貝爾街（rue Joubert），家裡奢華到了極點，而巴爾札克對描寫這個舉行晚宴的環境無疑非常樂在其

❶譯註：呂居呂斯，古羅馬將軍，以生活奢侈著名，常常大宴賓客。

中：「所有廳間都裝飾著絲綢和黃金。華麗的燭台上燃著無數蠟燭，讓鍍金牆飾帶的最小細節和銅器上的精緻鏤刻纖毫畢現，也讓家具的富麗堂皇更形突出。優美的竹製花架上擺著名貴的盆花，散發出陣陣馨香。包括帷幔在內，這裡的一切都流露出一種不做作的高貴氣氛，會產生一種魅力，讓窮漢的腦子裡幻想聯翩。」②

在飯廳裡，迎客人而來的是一張大桌子：「每個客人都對長桌子行注目禮，驚嘆於其金碧輝煌：桌布潔白得像新降的白雪，桌上整齊對稱地排列著餐具，每份餐具旁邊堆著金黃色的小麵包。水晶杯不斷反射出帶虹彩的星光，銀燭高照，燭光交相輝映。每道菜都蓋住銀菜罩，既刺激食慾，又引人好奇。」③若說高貴優雅的第一個指標是桌布的雪白，那另一個指標便是這桌布的長度：布幅大得足以蓋住桌腳四周，堪稱是奢華的頂點。描述一頓筵席時，巴爾札克總是不厭其煩描述所使用的桌布。在外省小鎮，每逢要招待貴客，一戶人家就會把「繡著A、B、C等編號的緞紋餐巾從它們的沉睡深處給請出來——這些餐巾平時都是包裹在三層布裡，再用排排別針妥加保護。」④在鄉村地區，一個講究的廚娘會把亞麻桌布先放在泡了百里香的水裡清洗，使其芳香四溢。在巴黎，一個女人為意中人準備一頓兩人份的精美餐點時，會把它鋪排在一塊「白得讓人目眩的錦緞桌布」上。⑤

如果說亞麻桌布可以表現出主人對細節的重視，那銀菜罩就可以表現出主人的豪氣❷。在泰伊番的筵席上，所有菜餚都是一次端上桌，而這表示，侍菜方式得採取傳統的方式，即「法式侍菜法」（France service），每個客人都有至少一名貼身男僕侍候。各道菜的位置不是隨便擺放，而是根據一個精緻複雜的構圖安排。誰都知道這些菜是吃不完的（不然巴黎的剩菜市場不會那麼興旺）。如果一個膳食總管（butler）夠盡職，那各道菜色所形成的構圖就會極盡賞心

❷譯註：一頓豪宴因為包含許許多多菜餚，而菜餚又是一次端上桌，有需要用銀菜罩保溫。

悅目之能事。他必須懂得如何把各種顏色對比得足以產生最佳效果，懂得如何把最小隻的獵禽給還原❸（一隻光禿禿的雉雞會顯得很寒酸），確保大塊烤肉四周有豐富的填餡飾菜，以及確保一條魚的下面墊有一層蘆筍慕斯或菠菜慕斯。鄉間盛宴只求大魚大肉，但一桌巴黎豪宴卻要求兼顧菜色的多樣性，要能夠把魚與肉、水果與蔬菜、冰淇淋與甜點搭配為一首充滿滋味對比和顏色對比的交響曲，而且會極盡花俏，讓人看不出來是什麼食材構成。盛托填餡火雞和龍蝦的基台儼如建築作品（用豬油混以綿羊板油黏合而成），還會被雕刻成鳥或魚的模樣，加上柱子或雉堞（machicolations），裝飾以獅身鷲首的怪獸，常常讓人搞不清楚哪些部分是結構體，哪些部分是食物。這些裝飾品是不是夠別出心裁，對一場豪宴有舉足輕重的意義，分量絕不下於菜餚的滋味。這表示，飯廳的溫度必須控制得恰到好處：太冷的話醬汁會凝結，

---

❸譯註：「還原」似乎是指把鳥羽和其他不能食用的部分重新組裝起來，讓其有活鳥的外觀。

太熱的話則會讓菜餚基台和複雜高聳的甜點融化、垮掉。這些甜點（名廚卡漢姆〔Carême〕稱之為「珍藝品」）都是一些不可思議的結構體，用焦糖把空心甜餅或蛋白甜餅黏合而成，之間填充以奶油（這是唯一可吃的部分）。

一桌盛宴必須鋪排得像是繪畫，即一幅崇高的靜物畫。不過，面對如此賞心悅目的壯盛畫面，客人能獲得的口腹之樂卻未必能與眼目之樂看齊。因為，面對數目如此眾多的菜餚，客人只能有賴貼身男僕為他們夾菜。想想看，如果沒有一個貼身男僕侍候在側，要吃一道遠在餐桌另一頭的菜餚有多麼困難。你要麼是無法吃到每一道菜，要麼是吃不到最想吃的一道，又或是等你吃到，菜已經涼掉。總之，整個過程非常費時，只要貼身男僕的演出未臻完美便會讓人深感挫折。泰伊番因為太愛現和太想擺闊，拒絕使用「俄式侍菜法」（Russian service）——它是由入侵的多國聯軍引入巴黎，沿用至今日。卡漢姆非常喜歡這種侍菜法（理由無疑是它最能充分表現出烹調的品質），有很多年都推薦客人使用一種混合的侍菜方式：把大塊的帶骨烤肉放在桌上供觀賞，其他菜餚則先切好分好，直接送至每位客人面前。

「七月王朝」❹期間，「俄式侍菜法」還沒有流傳到外省。所以，當艾瑪．包法利（Emma Bovary）❺參加德安德維爾侯爵（Marquis d'Andervilliers）家的盛宴時，讓她驚訝的不是布滿整張桌子的一排排銀菜罩，不是肩併肩的一隻隻大龍蝦，不是披戴著羽毛的鵪鶉，不是搭配著松露的大塊帶骨烤肉，也不是一籃籃以苔蘚墊底和堆得高高的水果，而是女賓們沒有把手套放在玻璃杯裡❻。侯爵也太喜歡沿用舊習了，所以把男賓安排在大廳，自成一桌，女賓一桌則設在飯廳，由他和夫人共同主持。

繁複的「法式侍菜法」逐漸被淘汰，但迄至「第二帝國」晚期❼仍然是豪門望族的正字標

---

❹譯註：七月王朝，路易—菲力普任國王的時期，起自一八三〇年，迄於一八四八年。

❺譯註：福樓拜小說《包法利夫人》的女主角。

❻譯註：把手套放在玻璃杯是示意侍者不要給自己斟酒。當時的女性不流行在公眾場合喝酒。

記。在左拉的小說《獵物》（*The Kill*）裡，富有得匪夷所思的薩卡赫（Saccard）為了拉攏潛在的盟友，鋪排了一席揮霍筵席。他的膳食總管找來一批額外人手，創造出一件短命的傑作：一張長餐桌，兩端各以一個巨大花瓶裝飾，由兩座各有十根蠟燭的枝狀大燭台照明；桌上井井有條地陳列著以小爐子保溫的醬汁、無數道主菜以及裝盛在海貝殼裡的冷盤。放在桌子正中央的主裝飾物拋光得非常亮，燭光不斷在其上彈跳，宛如流水淙淙的噴泉。這類筵席的用意是炫耀主人的財富與權力，而其成功與否的最大關鍵，正是裝飾是否夠鋪張壯觀。事實上，巴爾札克深信排場和看頭對一席豪宴是如此不可或缺，以致忘了告訴我們，泰伊番的客人吃到了些什麼，只指出倘若已故的康巴塞雷斯❽或布里亞—薩瓦蘭（該世紀最高的美食權威）有幸得嚐，一定會為之喝采。巴爾札克沒有提固

---

❼譯註：第二帝國，拿破崙姪兒路易—拿破崙任國王的時期，起自一八五二年，迄於一八七〇年。

❽譯註：康巴塞雷斯，「執政府」時期的第二執政，見上文。

態食物的內容，卻對酒類投以了最大的關注。泰伊番想要讓客人喝醉，他也成功了。席上的葡萄酒充滿「皇家派頭」⑥，川流不息，有「馬得拉」（Madeira）、有「波爾多」、有「勃艮地」，還有「魯西雍」（Roussillion），構成了一個誰都抗拒不了的組合。「大家都是邊吃邊談話，邊談話邊吃，每人都滿杯的大飲大喝，毫不在意酒漿的流溢，尤其是酒那麼清洌，那麼香醇，以致一有人帶頭喝，別人便會受到感染，馬上跟進。」⑦僕人把菜夾得極快且極有效率，以致直到上果點之前，客人都無暇停下嘴巴來思考。果點需要完全不同的裝飾背景襯托，這時連桌布都得撤掉。這再一次顯示出，泰伊番偏好傳統的習尚，把酒席看成一齣戲劇來搬演。

舞台會在換幕時空下來一下子，同樣地，在上果點之前，一眾貼身男僕也會把餐桌清空，好擺上各種銀具、瓷器，以創造新的裝飾主題。泰伊番從托米爾（Thomire）❾的工藝作坊買來了大型的鍍金銅托盤，在上面放上一些「高大的美女雕像……她們托著或捧著堆成金字塔形狀的草莓、鳳梨、新鮮椰棗、金色葡萄、光亮的蜜桃、石榴和中國水果，總之，一切令人驚嘆的珍品、各色精美絕倫的細點、最可口的美味甜食、最誘人的各色蜜餞，莫不盡在眼前。這些珍饈美饌的繽紛色彩又被瓷器的光彩、鍍金器皿的光芒和雕花玻璃杯盤的閃光襯托得更加絢爛。用來墊果點的苔蘚碧綠輕盈，猶如大西洋的海藻，把複製在『塞夫勒』瓷器上的普桑風景畫襯托得更加優美。要支付這種窮奢極侈的排場，一位德意志大公的領地收入恐怕還不足夠。銀、珍珠、黃金和水晶所製的各種器皿琳琅滿目又形式新穎，再一次顯示出主人揮金如土的氣魄。」⑧不過，這種漂亮陳設對客人來說形同虛設，因為他們的感官早已被餐後酒散發的氣味弄得遲鈍不堪。人人搶著說話，同樣的陳舊笑話一說再說，不在乎別人有沒有反應。最後，受到香檳酒的「烈焰」鞭笞⑨，一票客人的舉止形同野人：「人人朝壘成金字塔形狀的

---

❾作者註：該時代最偉大的鏤刻師傅和鍍金師傅。

水果亂搶一通，他們的嗓音變得粗嘎，喧鬧聲更大了。席間再沒有一句聽得清楚的話語，玻璃杯滿天飛，摔在地上，狂笑聲從醉客的嘴裡噴出。」⑩看到主人絕無疑問的醉相，眾貼身男僕都忍俊不禁。

醉酒、過度飽膩和不知節制讓真正的談話無法進行，而交談本來才應該是把眾多才智之士聚集一堂的目的。狂歡延續至餐後，但不是在飯廳裡進行：膳食總管堅定但圓滑地把客人請到客廳去。執行得法的話，一頓酒席不應該超過三小時，因為桌子必須要盡快清理。那些城堡或聖殿造形的甜點是不能吃的，它們非常脆弱，必須趕快和小心翼翼地放回食品貯藏室去，因為即便是在最富有的家庭，這些陳設都會重覆使用。當一席晚宴終了，膳食總管就會搖身變成舞台經理，必須管好道具布景的收拾。如果酒席是在餐廳裡進行，那飲宴的時間會更長，因為客人酒喝得愈多，館子便賺得愈多，另外也是因為，餐廳並不使用金碧輝煌的擺設來裝飾桌子。

泰伊番家狂歡晚宴所流露的魔幻成分與《驢皮記》的狂想調子符合一致。巴爾札克放任自己馳騁於大為著迷的事情，所以只管細細鋪陳排場和裝潢，沒提菜餚的內容。他是一度順帶提及這頓筵席的價錢（二萬埃居〔écus〕，合十萬法郎），但沒提準備這筵席需要費多大工夫或透露泰伊番這一回大請客的用意何在。

現在，且讓我們回到現實，看看在一八二〇年代的巴黎，當一戶人家想要謀取社會虛榮而暫時放棄節儉的習慣時，到底需要多麼大費周章。當時有無數的生意人發了財，從而也想提升自己的社會地位。吃食正是一種可以提高身分地位的方法。不過，他們要如何著手於這種他們不但不熟悉，還沒有足夠人手可以執行的接待客人的方式？無庸說，一頓豪宴（更遑論是舞會後的宵夜）不是一個普通家庭的廚娘能力所及，無論她有多能幹。值得一提的是，不管理由為何，巴爾札克的小說裡從來見不到一個正在下廚大廚。他當然有提過卡漢姆（Carême），因為這個名廚是不能不提的。卡漢姆是不

法國名廚卡漢姆可謂不出世的廚藝天才，曾先後在攝政王的著名主廚塔列朗的廚房、俄國沙皇的廚房和銀行鉅子羅斯柴爾德的廚房學師。圖片來源：Wikimedia Commons

世出的廚藝天才，曾跟隨塔列朗（Talleryand）學師（塔列朗先後當過攝政王）、俄國沙皇和銀行鉅子羅斯柴爾德的主廚。不過，巴爾札克並沒有把卡漢姆寫得栩栩如生，只是把他用作象徵或標的。我們固然知道卡漢姆每星期天都會為銀行家紐沁根（Nucingen）準備晚宴⑩，但不知道他下廚時是什麼模樣。在其他地方，當巴爾札克提到一名大廚時，他要麼是寫他因為汙錢而被少魷魚（一個例子是《奧諾麗納》裡的的廚師：他汙掉的錢多得夠開一家餐廳），不然就是寫主人家為了省錢把廚師辭退（如《鄉村教士》裡的格拉斯蘭〔Pierre Graslin〕。事實上，巴爾札克筆下的巴黎人並不一定需要一個廚師，理由是他們總是有榭韋（Chevet）可以仰賴。榭韋是任何盛大宴會都少不了的部分。不過，「榭韋」到底又是何許人或什麼東東？

榭韋不只是個外燴包商，還是一個場所：是一家大型食品雜貨店和為廚師提供最佳訓練

---

⑩譯註：見《高老頭》。

的工作坊。當拿破崙需要一個廚師時，榭韋把杜南（Dunant）介紹給他；偉大的卡漢姆也在榭韋的工作坊學習。巴爾札克是「榭韋」的忠實顧客，因為這裡可以找得到最異國風情的食品，出售的總是最當令的水果。哪怕是隆冬，它一樣有新鮮的椰棗、橙可供應，從塞圖巴爾（里斯本以南一港口）用蒸汽船運來。在復辟時期，「榭韋」變成了奢侈生活方式不可少的幫手。它什麼都做得到。有一次，大仲馬想找一條不同凡響的魚（例如十五公斤的鮭魚或二十公斤的鱘魚）來招待客人，但又沒這個錢，想要自己抓也不知道要去哪裡抓。但他並不氣餒，跑去打獵，帶回來三頭麅，用牠們跟榭韋換來一尾大魚。對榭韋來說，沒有不可能的任務。就像《饕客新年鑑》（*Nouvel Almanach des Gourmands*）所說的，「榭韋」自成一個部會，有自己的信使、代辦和大使。它的存貨猶如一個政治晴雨計。在危機時期，榭韋先生幾乎可以與聞國家機密。在那時候，食物就像是潤滑油，可以讓政治機器運作得更順暢。但榭韋並不是一開始就一帆風順。

法國大革命之前，熱爾曼．榭韋（Germain Chevet）在巴尼奧萊（Bagnolet）從事園藝業，凡爾賽宮會向他購買玫瑰。一七九三年恐怖統治的高峰期間，他遭到逮捕。當局純粹是看他有十七個小孩要養，才免他一死。不過，他還是被迫剷掉所有玫瑰，改種馬鈴薯。這種新活計收入無幾，他決定到巴黎碰碰運氣。他在王宮廣場租了一爿店面，專門賣小酥餅（一種當時非常流行的點心），但也供應水果。恐怖統治結束後，他擴大營業項目，購買在溫室裡用盆子栽種的鳳梨，又設法買進最早收成的一批草莓、櫻桃或梨子。然後他進而販售龍蝦（都是最大隻的龍蝦）和熟食，滋味獨一無二，引得顧客聞香上門。在「帝政時期」，他成了塔列朗（Talleyrand）⓫的供應商，因而名利雙收。俄國在一八一五年恢復和平後，沙皇凡遇重大慶典都找榭韋操辦，每次，榭韋都會派出一大隊

⓫譯註：拿破崙的繼子，皇后約瑟芬與前夫所生的兒子。

廚師和貼身男僕，帶著大批最好的葡萄酒和食材前赴聖彼得堡。（有意思的是，這支人馬從俄國帶回來的並不是魚子醬或燻鮭魚，而是以鮮花裝飾桌子的風尚。這是因為，魚子醬和燻鮭魚要等下個世紀才獲得法國人的賞識。）誠如前文所示，服侍顯要並沒有妨礙榭韋為坐牢的巴爾札克送上兩人份的餐飲。作為回報，巴爾札克讓榭韋在《人間喜劇》所有的重大外燴場合扮演承包商的角色，把他寫得虎虎生威，無可匹敵。巴爾札克筆下的榭韋不是個大小眼的人，除服務王侯外也服務新發達的商人，例如巴望提高社會地位的皮羅托（Birotteau）、千方百計討好情婦的富有綢緞商卡繆索（Camusot）⓬，以及想要給競爭對手來個下馬威的百萬富翁克勒韋爾（Crevel）⓭。政權一再易手，但榭韋屹立如故。在福樓拜的《情感教育》裡，阿爾努到「榭韋」給情婦買了一大籃子小吃，另外又為老婆挑了一些葡萄、鳳梨和「其他珍稀食

⓬譯註：見《邦斯舅舅》。
⓭譯註：見《貝姨》。

品」。

巴爾札克從不猶豫於把真實人物寫入小說。看來沒有人為此抱怨，哪怕他有時會強調他們比較不讓人恭維的一面，或是給他們虛構一些身世背景。例如，路易十八就在十幾本小說裡都顯眼地現身過。在《幽谷百合》裡，他推進了費利克斯・旺德奈斯（Félix de Vandenesse）的前程，而巴爾札克對他的描寫很尖刻，特別強調了他「虛無」和「喜好奪人貞操」的個性。巴爾札克也溫和地取笑過雨果，指出雨果應邀在別人的紀念冊題字，總是寫上同樣的四句詩。有需要一個作曲家時，巴爾札克就會找來羅西尼或蕭邦；需要一個畫家時，就會動員格羅（Gros）——這位畫家雖然「不太慷慨」，卻在《攪水女人》裡幫助過勃里杜（Joseph Bridau）。有許多編輯、醫生、書商都以真名實姓出現在《人間喜劇》。榭韋看來很感激巴爾札克為他做的大事宣傳。

現在讓我們來看看榭韋是怎樣幫了皮羅托一把，而這幫忙又花了後者多少錢。⓮皮羅托是靠賣香粉致富的商人。他太太非常漂亮，很懂得待人接物，賢慧又通情理。兩人育有一個人見人愛的女兒。所以，皮羅托在各方面都可說相當幸福，理應心滿意足。但他仍有著尚未滿足的政治和社會野心：想要成為巴黎第二區的副區長，並獲得榮譽十字勳章。為了達到目的，他決定要辦一個盛大舞會（舞會前會有晚宴，舞會後會有宵夜），好讓相關的有力人士留下深刻印象。但要搞這種規模的舞會需要一個很大的空間，也需要創造一間大飯廳（以古董鐘、嵌銅邊几和綢緞帷幔裝飾的路易十四風格大飯廳）。為此，他不得不租下樓上的一層樓。對於建築師在改裝工程上堅持己見所引起的許多擾攘，我們在這裡略過不提，以便專心於陳述宴會的籌備過程。

皮羅托太太不情不願同意了丈夫的鋪張，但辦一場宴會的複雜程度讓她大為恐慌。要去哪裡購買銀器、玻璃器皿和盤子呢？要到哪裡

⓮譯註：事見《賽查・皮羅托盛衰記》。

找信得過的人充當侍者？要找誰來看門，以防有不請自來的傢伙溜入宴會？最後，又有誰可以料理一桌讓一票嘴刁賓客滿意的豐盛酒菜？皮羅托免去太太的這些操心：透過一紙「外交協議」，他把整件事情交由榭韋一手包辦。榭韋會提供光彩奪目的銀器（「出租這批銀器讓他賺到的錢不亞於出租一塊地」），並負責供應菜餚、葡萄酒和一批侍者（會由一位長相合宜的膳食總管「控制他們的一舉一動」）。但這紙「外交協議」並不是平等條約。如果一個新發達的人想要把自己打磨得閃閃發光，就必須完全服從專家的指揮。於是，業主和客戶的角色便倒轉了過來。雙方事先並沒有就菜色或收費問題做過討論。榭韋堅持，廚房和樓下的飯廳都必須交由他全權控制，讓他建立一個總部。據他估計，目前的場地大小僅僅夠二十人在晚上六點吃頓晚飯和在凌晨一點吃頓宵夜。皮羅托又向富瓦咖啡廳（Café de Foy）訂了水果冰淇淋，說好用漂亮杯子裝，配以琺瑯調羹，放在銀托盤裡端出來。冷飲則是跟另一家名店

「唐拉德」（Tanrade）訂的。舉行宴會當天，榭韋的人馬名符其實佔領了整棟公寓。

「客人準時到齊。生意人請客照例興致十足，特別熱鬧，夾著許多粗俗的打趣，令人笑個不停。精緻的菜，名貴的酒，吃得人人讚賞。回到客廳喝咖啡的時候，正好九點半。幾輛出租馬車已經送了一批女客上門，大家都等不及想來跳舞。過了一小時，客廳裡擠滿了人，舞會的場面到了人踩人的地步。」⑪皮羅托的客人玩得太高興了，把新習得的合宜禮節拋到了九霄雲外。舞會愈來愈吵鬧。因為受不了吵鬧，又被太眩目的燈光和跳舞者放浪形骸的舉止嚇著，幾個貴族階層的客人先行溜走，深知這些人第二天便會被丟回「冷冰冰的現實世界」。⑫皮羅托最後得償所願，當上副區長嗎？沒有。因為區區一場昂貴的晚宴泯滅不了小布爾喬亞和上流社會的界限，甚至泯滅不了小布爾喬亞和公職世界的界限。得體的禮儀是要經過長久學習才可能內化的。宴會結束時，皮羅托一家三口既累癱又快樂，心滿意足地就寢去。但他們的快樂沒能維持太久：一星期後，皮羅托被送來的帳單嚇壞了，一共是數萬法郎。巴爾札克筆下的世界遵守著一條鐵律：凡是不會算的人到最後總得吃苦頭。

另一條鐵律是：凡不是在「代代重儀守禮世家」⑬所舉行的豪宴，最後總會慘不忍睹（這條鐵律受到福樓拜、莫泊桑和左拉的共同遵守）。《高老頭》裡由鮑賽昂子爵夫人（Vicomtesse de Beauséant）主辦的那場宴會正經八百得讓人難受，而座上賓客也很識趣，不敢造次。你很難想像他們有誰敢把聲調提高，或藉著酒意講一個低級笑話。所以，要找暴飲暴食之後的醜態，必須到泰伊番或薩卡赫（Sccard）⓯的家找去，而類似的醜態也曾以較小的規模出現在皮羅托的家裡，甚至是蒂利埃（Thuillier）的家裡（蒂利埃是《小市民》的主要角色）。它們的共同特徵是：讓人震驚的炫富，厚顏無恥的浪費，各種葡萄酒亂喝一通，不知品味為何物。

⓯譯註：左拉小說《獵物》裡的角色。

在貼身男僕比主人有教養的人家，宴會總是以一片狼藉收場。布景裝飾師會痛心地看到，他們精心打造的布景瀕臨解體。巴爾札克對剩飯剩菜的描寫讓人聯想到一艘沉沒的船骸：「果點一端上來，一切便失去控制，變得支離破碎，像是洗劫一空。剩下的果點像激戰之後潰散的部隊。儘管女主人竭力把盤碟保持在它們的原位，它們還是散了一桌。」⑭不過，巴爾札克最想強調的總是，醉酒是這種災難性場面的元兇：

> 剛進飯廳的時候，你會驚訝於餐桌上的鋪排是那麼整齊，會被銀餐具、水晶器皿和亞麻桌布的光彩弄得眼花撩亂。這裡正值生命的盛放時期：在座的年輕人個個優雅好看；他們面帶微笑，低聲交談，端莊得就像新娘，而他們周圍的一切全都純潔無瑕。不過，經過兩小時後，這裡卻彷彿變成了激戰之後的戰場：到處都是打碎的玻璃杯，弄皺或撕破了的餐巾橫七亂

八散布在體無完膚、看了令人作嘔的剩菜之間。接著，又聽到使人頭痛的叫嚷，打情罵俏的乾杯，連續不斷的譏諷和惡俗的玩笑；紅得發紫的臉龐、燃燒著火焰的眼再也沒有一點兒表情，無意中吐露的知心卻什麼都說出來了。在一片鬧嚷嚷中，有人打破酒瓶 ，有人哼著小調；有些人拌嘴挑釁，不是摟成一團，便是動手廝打；鼻子嗅到雜有百樣難聞的氣味，耳畔聽到雜有百種聲音的叫嚷；每個人都再不知道，自己吃著什麼、喝著什麼，或說著什麼。有些人陷入鬱鬱不樂，有些人語無倫次；有些人變成了偏執狂，反覆叨唸著同一句話，像是一只來回晃動的撞鐘。這時倘若有個頭腦清醒的人走進來，八成會以為自己闖進了一場酒神的狂歡祭禮。⑮

左拉同樣喜歡對賓客的粗野舉止著墨，但

他更強調的不是醉酒醜態，而是豐盛食物所弔詭引起的不知饜足。在這一點上，他有別於巴爾札克。很多新富人士都是出身寒微，但正如我說過，巴爾札克的注意力要麼是放在天才型人物（如約瑟夫・勃里杜或德普蘭⓰），要麼是放在對每個銅板都斤斤計較的吝嗇鬼（如葛朗台先生或和高布賽克）。這兩類人出於天性，都不會暴飲暴食。但左拉卻更喜歡描寫那些出身寒微的暴發戶：因為揮不去匱乏的陰影，食物的意義在他們心中變得厥為巨大。對他們來說，世界是分為「肥」與「瘦」兩大陣營，而為了可以留在「肥」的陣營，他們有時會表現出一種發自本能的暴力性。所以，左拉筆下的宴會最後會鬧得烏煙瘴氣，往往不是醉酒引起，而是一種準獸性的貪吃心理使然。像《獵物》裡由薩卡赫鋪排的那頓豪華宵夜（最後以大打出手結束）就是箇中例子。一眾饕客男賓的舉止讓人嘆為觀止：他們擋住女賓通往自助餐吧的去路，以便自己可以「撲向各種酥皮點心和填了松露餡料的家禽。那是一趟不折不扣的掠奪……省長眼睛瞄準一隻羊腿。就在他靜靜伸出一隻手去攫取戰利品的同時，另一隻手已經把一些肉卷塞進口袋裡。這些紳士們……甚至沒有脫掉手套，直接用戴手套的手把羊肉片夾到麵包裡，腋下則牢牢夾著一瓶酒。他們滿嘴食物，站著聊天，腮幫子是那麼的鼓脹，以致從嘴巴滴出的汁液不是滴在他們的禮服上，而是滴在地毯上。」⑯這時，唯一能多少保持尊嚴的只有在旁侍候的僕人（每個客人都有一個以上的僕人侍候）。膳食總管鎮定地應付來勢洶洶的食客，但其他僕人則愈來愈不耐煩，驚訝於客人的苛索無度：這批饕客在短短時間內便幹掉了三百瓶香檳，仍意猶未盡。

看來，過度豐盛的酒食會讓這些新人類把剛習得的薄薄一層禮節忘到九霄雲外，正因為這樣，古老的世家大族才會仍然擁有特殊威望。在巴黎，每逢舉行豪奢宴，賓客與賓客，或賓

---

⑯前文已提過這兩個人物：德普蘭是巴黎最著名的外科醫生，年輕時靠一個挑水夫的資助才沒有餓死；勃里杜是大畫家，年輕時代也是很窮，節儉得要命。

大量的生蠔、珍果、香檳是法國宴會上不可或缺的主角。Johann Wilhelm Preyer 繪於一八五八年。圖片來源：Wikimedia Commons

客與主人之間往往會呈現緊張關係。這兩派人馬不太知道該如何對待彼此，而他們在某種程度上共享的禮儀符碼最終也幾乎必然會解體。

這種落差並不見於鄉村地區，因為那裡的階級結構要比較穩定，人人都知道自己是什麼身分地位。在《幽谷百合》裡，當莫爾索夫人（Madame de Mortsauf）的府邸舉行歡慶葡萄收成的宴會時，雖然男女採收工可以與主人家的小孩坐在同一張長木桌大吃大喝，人人都歡樂無比，但我們卻看到一切都井然有序，歡樂而不喧鬧。即便是一頓鄉村盛宴（如艾瑪·包法利的結婚酒席），雖然蘋果酒川流不息、白蘭地一壺一壺地上、葡萄酒斟滿到杯沿，又哪怕飲宴時間長得不可思議（長達十六小時），宴會仍然沒有以混亂告終。有些人趴在桌上睡著，有些人引吭高歌，有些人比試力氣，但傳統禮節始終受到尊重。正因為這樣，當婚宴結束時，新娘子的爸爸雷諾才敢自信滿滿地表示，宴會上沒有發生過任何不得體的事情。

每逢描寫大場面，巴爾札克都是要揭示男

主人的權威、品味和野心。只有當筵席退場，日常生活登場，女主人才會出現在舞台中央。

4

家庭生活
Family Life

不管巴黎人有多常外出吃飯，他們仍有家庭生活要過，而家庭生活的一大部分是發生在用餐時間。如果說館子可以促進巴爾札克筆下角色的互動，那麼，一戶人家的飯廳便可讓他大顯心理學探索的身手。吝嗇鬼葛朗台先生把糖從桌子上變不見的方式，還有《攪水女人》裡奧勳先生（Monsieur Hochon）切麵包的方式，皆大大說明當事人的人格特徵。在《金驢皮》裡，小波利娜（Pauline）雖貧窮卻不吝嗇，會「像隻小貓般」敏捷地拿來一罐牛奶奉客，看了教人窩心，反觀高老頭（Father Goriot）吃飯前總要彎腰嗅嗅麵包的舉動，則讓人覺得既滑稽又憎厭。這些都是神來之妙筆。不過，對巴爾札克來說，家裡的飯食之所以值得著墨，更重要的原因是它乃「測量一戶巴黎人家的收入最可靠的溫度計」①，可以闡明一個家庭的運作情況。人們在家裡都吃些什麼？他們都是怎樣招待客人？他們是怎樣買菜的？他們是從外燴包商那裡訂餐還是每天一大早到中央市場的攤子買菜？巴爾札克筆下有多少角色，這問題就有多少答案。

《人間喜劇》裡常常看到盛宴，也不乏以幾顆核桃和三片羊萵苣（lamb's lettuce）菜葉果腹的角色，但最普遍的場景仍是中產階級的日常飯桌。值得指出的是，在當時，即便最富有的金融家，每日的膳食仍然是無甚足觀，至少是缺乏變化。這是因為，在鐵路運輸出現以前，人們可選擇的食材非常有限。銀行家羅斯柴爾德家裡的每日菜單可以為證：這位男爵的小孩每天都是吃雞肉，只有新年才吃到肉排和在一些稀罕的情況吃到小鱈魚。當家裡只剩下夫妻二人時，飯菜又會回復為四時不變的雞肉。小牛肉和羊肉很罕見。牛舌和小牛胰臟往往都是磨碎後食用，但不常作為正餐。現在評價甚高的小牛肝臟那時被歸類為僕人膳食。要直到十九世紀中葉，連接海岸線的鐵路開通，巴黎人才吃到撈自海裡的魚。先前咸信，一條魚只要運到超過出水處四十里格遠（約一百六十公里），就會壞掉。《入世之初》裡那個驛馬車車伕吃飯時之所以囫圇吞棗，是因為有一條大魚要他運送。三十年後，我們看到，福樓拜《情感教育》裡的阿爾努因為弄到一條日內瓦的鱒魚款待客人，得意非凡。

自發生運輸革命後，食材變得更新鮮，也更多樣化。蘇格蘭的野味、西班牙的橙和南非的葡萄酒——這些以前只見於上流貴族飯桌的食物如今也可以在一般巴黎人的盤子裡看到。早在復辟時期，甚至一個收入普通的辦公室僱員便可以在自家的地窖和食品貯藏室建立起豐富的庫存。自此以下，巴黎人吃得愈來愈鋪張：數量上如此，料理方式也是如此。一個矚目的例子是乳酪：在復辟時期，巴黎人也許會偶爾啃一小片布里乳酪，但到了第二帝國時期，便出現了一些整家店都是牛油和乳酪的專賣店，它們的貨色來自諾曼第、奧弗涅（Auvergne），皮卡第（Picardy）、瑞士和更遠的地方。左拉曾描寫兩個老婦人站在熙攘的中央市場蜚短流長，鼻子裡聞著卡芒貝爾（Camembert）、林堡（Limbourg）、馬魯瓦耶（Marolles）、蓬萊韋克（Pont l'Évêque）和利瓦羅（Livarot）乳酪的強烈氣味，眼睛裡看著一個個用玻璃圓罩蓋著的巨大乳酪（有康塔爾〔Cantal〕、柴郡〔Cheshire〕、帕爾馬〔Parmesan〕和羅克福爾〔Roquefort〕等乳酪），它們縱橫著「藍色和黃色的脈理，就像是受到吃太多松露的有錢人傳染，得了什麼隱疾。」②

當《情感教育》的主角腓特烈克受邀至阿爾努家參加晚宴時，發現席上光是「芥末醬就有十種之多，讓他不知該如何挑選。他嘗了西班牙番茄湯、咖哩、薑片、科西嘉的烏鶇和羅馬千層麵。」③事實上，有本領為賓客奉上佳餚美饌，正是阿爾努一向引以為傲的事。為了採購上好食材和美酒，「他殷勤巴結驛馬車的車伕，又刻意結交達官貴人家裡的廚子，以弄到調製珍稀醬汁的祕方。」④就像許多巴黎人那樣，他毫不猶豫於在吃的事情上（不管是家裡吃或是上館子）花大錢。巴爾札克在《邦斯舅舅》指出：「口腹之慾的專橫從未被人描寫過：因為吃食是生存所必需，所以連文學都放過它，不予批評。但沒有人想像得到，有多少人是為了口腹之慾而散盡家財。某個意義下，在巴黎，能跟飲食之奢侈競爭的，只有娼妓。」⑤

巴黎社會的一個常數是僕人的存在：任何過得去的人家家裡都會有僕人，只差數目多寡，訓練是好是壞。即便資財最普通的店東，家裡也總須仰賴一個廚娘——至少是仰賴一名女僕。唯二例外是放高利貸者高布賽克和羅格龍太太（Sylvie Rogron）：前者潛隱得近乎病態，絕不能忍受有人窺見其私生活；後者因為急著省錢而辭退廚娘，卻又號稱這樣做是「為了享受親自下廚的樂趣。」⑥毫無例外，在《人間喜劇》的世界裡，一頓飯做得是好是懷，除了跟僕人的能力有關，還跟僕人與僱主的互動關係有關。這些僕人一律是女僕，因為正如上文提過，巴爾札克筆下沒出現過正在做飯的大廚。

讓我們簡短回到瑪奈弗太太一下，也就是那個外務太多、無心管理家務的女主人。她的廚娘不但會多報買菜錢，燒出來的帶骨烤肉也幾乎難以下嚥（因為她把肉汁留下一大半，供男朋友拌飯吃）。更要命的是用餐環境亂七八糟：「飯廳僅靠家中唯一的女僕打掃，環境髒亂，像鄉村旅店那樣看了令人作嘔；一切都油膩膩而髒兮兮。」⑦用來裝菜的是「缺口的盤子碟子，餐具是聲音闇啞和色調暗沉的鋅製刀叉……葡萄酒是從街口酒店裡零沽而來，其混濁的顏色連邋遢灰濛的玻璃壺也遮掩不了。餐巾已經用了一星期。總之，一切都透露出這個家寒酸得不名譽，透露出夫妻兩人對家務同樣漠不關心。」⑧唯一能讓瑪奈弗太太擺脫這種窘境的方法是勾引一個富有的情人，而她後來也（多少在與丈夫串通好的情況下）也成功勾引到于洛男爵。不過，因為揮霍無度，這個富有的情人最終也被她搞垮，丟盡面子。讀者很快會察覺，瑪奈弗太太其實誰也不愛，因為一個懂得愛的女人會知所節儉，能「僅靠微薄的收入讓她愛的人過得舒適。」⑨要掩飾貧窮的寒酸並不難，但只有心中有愛的女人方才知道怎麼做。例如，呂西安的野心是由三個女人所支持：妹妹夏娃（Eve），以及他的兩個情婦柯拉莉（Coralie）與愛絲苔。從她們餵飼呂西安的方式，我們看到她們對呂西安的愛何其真誠。夏娃異常拮据，但卻懂得把草莓放在漂亮的盤子上（墊上葡萄葉的），再拿給哥哥吃。柯拉莉愛呂西安愛得無法自拔，陷於赤貧後還是想辦法給情人弄來一盤美味的炒蛋。在《歐也妮．葛朗台》裡，巴爾札克以幽默的方式顯示出，當歐也妮愛上堂弟之後，變得多麼有想像力和創意：儘管受到父親嚴格監視，她還是成功地給堂弟弄到一盤堆得老高的梨子和蘋果當午餐。瑪奈弗太太不是那種會用纖纖玉手去做家事的人，所以一切都極依賴女傭。

那個年頭，食品供應商和下人都汙錢成風，而這個議題看來讓巴爾札克念茲在茲（左拉則不同，更強調主人對傭人的刻薄）。保守的巴爾札克認為，當時「家家戶戶的最大財政漏洞就出在瘟疫般的僕役」，⑩又毫不客氣地稱這些人為「家賊、領薪水的小偷，厚顏無恥到了極點。」⑪他相信，僕人汙錢的情況在巴黎已經到了氾濫成災的地步，必須予以二十四小時的監視方能避免。只有最吝嗇的守財奴和最精於家計的女人方可逃過荷包大出血的命運。事實上，瑪奈弗太太的家庭開支能轉危為安，靠的就是有個能幹的女人幫她接管一切。這女人叫莉絲貝特（Lisbeth），是瑪奈弗太太情人的阿姨，又稱貝姨。她上任後的第一個行動是開除可恥的女傭，因為她知道這女傭跟食品供應商串通好，有時甚至會唆使店家在收據裡灌水五成。要能持家有道，唯一方法是監視廚娘，教她只到菜市場買菜，不向那些願意給發票灌水的食品供應商購買。這正是讓人望而生畏的貝姨為好朋友瑪奈弗太太重新整頓家裡所做的事。巴爾札克告訴我們，她找來一個在南錫（Nancy）主教家裡工作過的親戚來當廚娘——這個細節很具披露性，因為巴爾札克一向相信，醫生和神職人員是最懂飲食之道的行家。「貝姨從孚日山（Vosges）找來一個外家方面的親戚，對方是個極虔誠和極正直的老姑娘……。因為怕瑪蒂里娜（Mathurine）在巴黎毫無經驗，尤其怕她聽了人家的慫恿而學壞，貝姨特地陪她上中央市場，教她怎樣買東西。貝姨讓她熟悉各種物品的行情，使菜販不敢欺她好騙；教她不趕時鮮（例如魚類）的潮流而等平價時再買；又多所提供她市場資訊，讓她可以預料漲風而逢低買進：這種管家頭腦對巴黎的家庭經濟至為重要。瑪蒂里娜工資既高，犒賞又多，自然愛護東家，樂於買得便宜。」⑫直接到菜市場買菜除了可以保證買到最好價錢，還可以保證品質最佳——這現象直至二十世紀還是如此。普魯斯特筆下的敘事者也是遣家中廚娘到中央市場買菜，而她憑著這些食材料理出來的牛肉凍堪稱傑作。

但上中央市場買菜需要有兩把刷子。有一次，巴爾札克的妹妹基於經濟理由辭退廚娘，他想把廚娘雇為己用，但要求對方必須到中央市場採買。她拒絕了，因為那需要一大清早起床和付出極大精力跟攤販討價還價。⑬所以，當時手頭非常緊的巴爾札克只好退而求其次，雇一個婦人每星期一到家裡來，為他準備一星期的飯食。等牛肉和羊肉之類的菜餚都吃完，他便得將就著吃麵包、乳酪和（像愛爾蘭人那樣）啃馬鈴薯。

中央市場可說是巴黎的臟腑，小巷縱橫交錯，經營各式吃食與日用品買賣。Theodor Hoffbauer 繪於一八五五年。圖片來源：Wikimedia Commons, Brown University Library

那時的中央市場其實還是個建築工地。拿破崙在一八一一年便計畫要翻新這地點，用一棟現代建築來取代原來的木造攤位，但整個計畫要到「第二帝國」才竣工。中央市場的常客買菜前喜歡先喝一杯灑灑了胡椒粉的白蘭地，而這地方的吵鬧和紛亂也不是心臟弱的人受得了。就連香粉商人皮羅托那樣的老巴黎，當他想要到中央市場買些榛果來壓髮油時，仍然發現自己難以穿過這座迷宮：「裡頭縱橫交錯，全是些小巷子，可以說是巴黎的臟腑。無數雜七雜八和難以形容的生意都聚集在這裡：這些生意有腥臭難聞的，也有極度賞心悅目的；有賣鯡魚也有賣上等細麻布的；有賣絲織品也有賣蜂蜜的；有賣牛油也有賣薄紗的，全都擠在它的骯髒範圍內。這裡還藏了許許多多巴黎人無法想像得到的小買賣，情形就好比大多數人不知道自己的臟腑是如何運作。」⑭但貝姨天不怕地不怕，對上中央市場買菜的事勝任愉快，也讓瑪奈弗太太大大有面子：她家的飯菜因為特別好吃，受邀的客人往往會另邀一些額外的貴客（藝術家、政治家等）一起光臨。

邦斯舅舅和他朋友施模克（Schmucke）卻沒有這等好運氣。他們也想要盯緊門房西卜太太（她為他們煮飯），卻因為對肉價菜價毫無概念，只能任人宰割，荷包大出血。西卜太太向老公誇耀，她憑著狡猾和聰明，八年下來已撈了兩千法郎的油水。原來，她買菜都不向肉販買，而是去逛剩菜收購商的攤子（他們的剩菜是從附近的餐廳購入），靠著一雙利眼，買來一些外觀尚可的雞肉、野味、魚排甚至水煮牛肉，翻煮後鋪上切得細細的洋蔥，再澆上濃味醬汁遮蓋餿味。兩位食客不疑有他，乖乖向她繳交每頓飯（不含葡萄酒）三法郎的餐費。這不是一個小數目，要知道，在一家勉強過得去的館子，一頓附有小壺葡萄酒的飯食也頂多收費兩法朗。

這類飼老鼠咬布袋的事情不太可能發生在呢絨商妻子紀堯姆太太（Madame Guillaume）的家裡，因為這個《貓打球商店》裡的角色容忍不了任何浪費。她總是親自給沙拉淋油，從不假手他人，又只會淋個寥寥幾滴，連菜葉都幾乎不會沾溼。她端上桌的乳酪是葛瑞爾（Gruyère）乳酪（一種窮人吃的乳酪），而且是放了幾百年的（家裡一個調皮的夥計故意把買進乳酪的日期刻在乳酪上，以資取笑）。較不謹慎的家庭主婦要麼是不了解這種不謹慎的全面殺傷力，要麼是無計可施，只能認命地任由廚娘汙錢，而在巴黎，許多廚娘都愉快地利用女主人的這種認命心態。這就不奇怪，有錢人家千金必須學的一課，就是看著媽媽的樣子學會申斥廚娘。要不然，她們很快就會發現「一個毫無本事的廚娘進您家門時衣不蔽體，現在來結算工資時竟穿了一身藍色『美麗諾』連衣裙，戴了一條繡花頭巾，還戴著珍珠耳環，腳上穿的是皮鞋，露出來的棉襪還相當漂亮。她現在已擁有兩口裝滿家當的箱子，銀行裡也有存款。」⑮

紀堯姆太太需要餵飽的人不多，就只有她丈夫、兩個女兒和幾個夥計。蒂利埃家需要餵飽的人則多些。拜這家人之賜，我們得以一窺一心往上爬的巴黎小布爾喬亞人家的日常生活面貌。他們說明了，想要提升社會位階，接待客人變成了一種必要手段，只不過，他們並沒有足夠時間訓練僕人，而且雄心不夠，沒預料到有需要多請些僕人。

蒂利埃家是個三口之家，由他本人、太太和他姊姊布麗吉特（Brigitte）構成。布麗吉特是巴爾札克筆下其中一個讓人怕怕的老姑娘。她很早就把弟媳踩在腳下，又把才智平庸的弟弟置於絕對控制之中（蒂利埃先生原是政府部門的副處長，提早在一八三〇年退休）。家裡的錢袋都是由布麗吉特監管，而她管得很緊，因為曾有很長一段時間這錢袋近乎空空如也。這對姊弟的父親是財政部的第一任門房（為了增加收入，老蒂利埃在自己的門房房間裡搞地下小館子，又教導女兒怎樣用最節省的辦法餵飽顧客）。這家人最後取得了一定的成功，但因為是白手起家，所以在獲得體面的社會地位和一定的經濟保障前，曾付出過極大的心力，萬分忍耐。

弟弟熱羅姆（Jérome）由於近視太深而不用服兵役，又利用人們熱中軍職以致文職人員缺額的契機謀得了一個低層公務員的職位。他什麼都不懂，但因為知道自己什麼都不懂而不多話，從而受到上司賞識，最後被提升到副處長的位置。他姊姊挑選了一份只有熟悉財政部的人才會從事的工作：替中央銀行、國庫和大型金融機構縫製運紙鈔和錢幣用的袋子。財政部裡每個人自小便認識她，而她賣力工作的態度也備受讚賞，生意進展迅速，從第三年開始便雇用兩個女工，又用積蓄買了公債，到一八一四年便達到每年三千六百法郎的收入。她極少花錢，父親生前總是與父親一起吃晚飯。父親死後，姊弟兩人覺得應該把雙方的資源合併，於是搬到一起住。這種安排在熱羅姆成親後並未動搖。

《小市民》的故事發生在一八三九年，時值「七月王朝」期間，而像蒂利埃這種小布爾喬亞階級正是「七月王朝」的基礎。蒂利埃先生在自己的社會小圈子內尚算有地位，一個月會以讓人動容的菜餚接待朋友兩次。在當時，何謂可以讓小資產階級動容的菜餚呢？這一次巴爾札克專注於現實，高高興興地描寫了一番。

蒂利埃先生提醒姊姊，這一次將至少有十五個人來家裡吃飯，但沒提一個好消息：他幾乎篤定當選區議會的代表（這個好消息將在晚餐的甜點時間宣布）。聽到弟弟要辦這麼大的晚宴，布麗吉特多所抱怨，因為據她估計，這一頓飯吃下來將花掉四十法郎（稍堪彌補的是剩飯剩菜可供接下來兩天食用）。她吩咐僕人把專為這種場合準備的桌布拿出來，又動用了整套的銀餐具（這套餐具是她父親在大革命時期買下，相當於一份財寶，曾經在他經營的地下食堂派上用場）。所以，晚宴的整個排場還算可以，但卻有一個敗筆：用來照明的是兩個醜陋的鍍銀銅燭台（各有四個分叉，點的是最廉價的鹿油蠟燭）。這不奇怪，這戶人家多年來過慣了每個銅板都要斤斤計較的生活，要在一夕之間改變談何容易。巴爾札克指出，當來賓看到這光景時，一兩個熟悉超豪華排場的客人交換了一個會心的微笑，「道出了他們共有的挖苦」。⑯酒菜的內容當然也反映出女主人的吝嗇。每個客人都知道，整頓晚宴都是由布麗吉特一手主導（巴爾札克甚至告訴我們，她是一八四〇年代布爾喬亞家庭廚娘的典型），兩個女僕都不被容許擅作主張。酒窖的鑰匙從不離開她的腰帶。

牛肉湯幾乎是白開水，因為即使在這

樣的場合，她仍然囑咐廚娘把肉稍微熬過後便加入許多開水。這是因為，熬湯的牛肉在第二、三天要供全家食用，現在熬出的肉汁愈少，往後便愈有吃頭。煮得不夠爛的牛肉總是在蒂利埃插進刀子時因為布麗吉特的這句話而被端走：「我看牛肉有點硬，端走算了，蒂利埃，誰也不會吃它。我們還有其他菜，沒差這一道！」

這道菜的四周確實還擺著四個鍍銀已經剝落的暖鍋……其中一個鍋裡放著一雙橄欖燒鴨，與它遙相呼應的是一個五香碎肉大餡餅，另兩側則分別是一尾「韃靼」鰻魚和一盆菊苣作底的炭烤小牛肉片。第二道菜的主菜是一隻以栗子作餡料的肥美烤鵝，其左右兩側分別是一盤點綴著甜菜根的蔬菜沙拉和幾盅蛋羹，另有一盤糖漬蕪菁與一盤通心麵相互呼應。⑰

在蒂利埃家裡，我們看到了窮人版本的老式侍菜方式。桌子除了桌布是乾淨的，並沒有其他出於美學考量而布置的擺設。食物相當豐富，通心麵也增添了一點講究的氣息。但從家禽在菜餚中佔主導地位、野味的闕如和蔬菜的稀少，俱反映出操辦人有多麼害怕浪費。這樣的晚宴不算失禮，但因為內容與客人的預期不同，所以沒有人有食指大動的感覺。侍菜的情景一片混亂，因為單一個女傭不可能面面俱到地為每一個客人夾菜。這頓晚宴吃到一半，知道內情的人向大家宣布，蒂利埃先生已經當選區議會代表。眾人歡聲雷動，布麗吉特更是又驚又喜。她登時忘掉了自己對花錢的恐懼，帶著廚娘下到地窖，要找一些葡萄酒來慶祝一番。

於是，客人面前一下子擺上了許多的葡萄酒與烈酒，以及各種從食櫥深處取出的精美零食，足以反映出這戶人家雖然只是小資產階級，但貯備仍然如此豐富。事實上，布麗吉特從地窖翻出的還包括了三瓶香檳。我們不應該太訝異於這戶資財普通的人家竟藏有此等名釀。法國人要很晚才學會喜愛香檳（比英國人晚許多），首開風氣的是其中一位懂得欣賞它的第一夫人：龐畢度夫人（Madame de Pompadour）❶。然而，哪怕對香檳的需求在「帝政時期」與日俱增，但這種酒的產量依然非常有限。部分是因為，用來儲存香檳的玻璃瓶常常會爆裂，對釀酒者造成的損失可高達三到四成。直到一八三〇年，香檳釀造商才發展出一種檢測香檳含糖量的可靠技術，可防止激烈發酵的發生。加上酒瓶變得更耐壓力，香檳產量迅速增加，從一七八五年的三十萬瓶飆升至一八四四年的七百萬瓶，讓最節儉的家庭也買得起。除了香檳，布麗吉特還拿出來三瓶陳年的「艾米達吉」（Hermitage）、三瓶「波爾多」、一瓶「馬拉加」（Malaga）和一瓶一八〇二年份的白蘭地。白蘭地是她父親生前購入，一向被布麗吉特奉若神明地保存著，但此時她卻拿它來為橙沙拉調味（橙沙拉是她吩咐弟媳現場製作）。

---

❶譯註：路易十四的情婦。

法王路易十四的情婦龐畢度夫人，首開法國人品啜香檳的風氣。
Charles-André van Loo 繪於一七五五年。
圖片來源：Wikimedia Commons

橙沙拉當然只是甜點的前奏，因為幾個女人跟著又在餐桌上堆起高高的一堆堆乾果（杏仁、榛果、無花果、葡萄乾）和壘成金字塔形狀的蘋果、乳酪、果醬和糖漬水果。老姑娘還保證會給大家弄來潘趣酒、蜜餞栗子，甚至（這是奢侈中的奢侈）茶葉。她說到做到，派女傭到附近的藥房買來一些茶葉——當時茶葉很稀有，都是由藥劑師販售（糖一度也是如此）。

這番描寫所顯示的，是這戶中產人家的食物貯存有多豐厚，藏酒有多上乘。即便說布麗吉特會大量收藏葡萄酒是因為看準那是一種穩當的投資，你又要怎樣解釋蒂利埃家何以要貯存那麼多的水果和蜜餞？是該世紀反覆出現的革命和動盪在人們心頭投下的陰影使然嗎？不管如何，碰到這種始料未及的款待，客人還是吃得開懷，紛紛喝醉。客人中只有兩個真正的鑑賞家對這種吃喝無度不以為然，其中一個對另一個耳語說：把那麼好的「馬拉加」給那麼沒品味的舌頭享用，真是一大糟蹋！據她的小姑形容，布麗吉特忙碌得像匹馬，在一片鬧鬨鬨中保持從容，務求讓每個客人都可以高高興興跳舞到深夜。因為白天的時候便已經有消息在盧森堡公園一帶的朋友之間傳開，說是蒂利埃家在晚宴之後會舉行舞會，所以有一票年輕人不請自來，讓舞會變得熱鬧非凡。

布麗吉特幫著兩個女僕收拾餐桌，把飯廳裡的一切挪走，好空出地方讓大家跳舞。她像個發起進攻號令的三桅戰艦艦長那樣吆喝著，吩咐東吩咐西：「家裡還有覆盆子糖漿沒有？快去多買點杏仁糖漿回來！」要不就是：「杯子不夠了。『紅水』❷快沒了，把我剛才拿上來的六瓶『廉價酒』拿過來，多泡一點。防著點門房科菲內，別讓他偷喝！卡羅琳娜，妳在酒菜台這兒守著。如果到了一點鐘

❷譯註：摻了紅葡萄酒的水。

> 大家還在跳舞，就給他們切點牛舌和火腿。但不要大手大腳，以免浪費！照看好一切。把掃帚給我；給燈添點油；當心別闖禍。把吃剩的水果甜點整理一下，拿來充實酒菜台。」⑱

在座一個從事演奏工作的客人發出了跳舞的訊息：

> 他調試他的雙簧管，發出了信號。那快活的、走調的曲子引起客廳裡一片歡呼聲。描繪這類舞會頗無必要。衣著、容貌、交談，一切全與某一細節相協調，這個細節應該足以引起最缺乏想像力的人的想像。人們傳遞著失去光澤和褪了色的托盤，上面是一杯杯的葡萄酒、「紅水」或「糖水」（eau sucrée）。那些放覆盆子糖漿和杏仁糖漿的托盤時常斷貨。在場有五桌牌桌，共十五個人在打牌，共十八個

男女舞客！到了凌晨一點，大家把蒂利埃太太、布麗吉特小姐、菲利翁太太（Madame Phellion）乃至菲利翁先生本人也拖進來。他們聊發少年狂，跳一種俗稱「麵包店老闆娘」的鄉村舞蹈，而杜托克（Dutocq）則模仿卡拜比爾人（Kabyl）的模樣，裹著頭布出場！等候各自主人的僕人和蒂利埃府的僕人站在四周圍觀。這個看似沒完沒了的舞會持續了一小時，然後聽到布麗吉特宣布準備了宵夜，有人建議把她拋起來歡呼，讓她萬幸先前有把十二瓶「勃艮地」陳酒藏起來，不至於忍不住拿出來奉客。總之，不分上了年紀的婦女或少女，大家都盡興至極，讓蒂利埃先生有感而發地說：「今天早上我們都沒想到今晚會這麼高興呢！」

公證人卡陶（Cardot）說：「可不是！沒有什麼比這類即興的舞會更有

樂趣。那種一本正經的派對就更甭提
了！」
　　他說出的可是一條在布爾喬亞之
間經得起考驗的公理。⑲

這個聚會之所以那麼成功，靠的不是精美菜餚，而是眾人發自內心的歡樂。當然，有大量的葡萄酒和烈酒助興，還有蒂利埃三口人有感染性的快樂，全都是宴會成功的因素。但同樣重要的是女主人的慷慨完全是發自衷忱。與皮羅托搞的那場筵席不同，布麗吉特的大方出手並沒有利害考量。她會一改節儉的死性不是為了達成什麼目的，純粹是為弟弟的事業成功而高興。所以，她的歡樂是沒有隱藏動機的。

在描寫巴黎人的小說中，巴爾札克對一頓酒菜的準備過程或菜餚本身不會著墨太多。他指出：「在巴黎，人們吃飯時都心不在焉，小覷吃食的樂趣。」⑳他們出席飲宴的目的不是享受美食，而是談生意、密謀什麼、打聽最新消息，以及讓別人瞧瞧自己。在事業成功的巴黎人之間，宴飲環境的怡人和菜餚的精美乃屬理所當然，沒有人會去注意，沒有人會提及。所以，包比諾伯爵（Comte Popinot）的廚娘莎菲（Sophie）燒的萊茵鯉魚雖然能夠讓無可匹敵的美食家邦斯舅舅回味無窮（「這鯉魚沾在醬汁碟子裡薄薄一片，吃在舌頭上富含油脂。」㉑），但巴爾札克並沒有描寫她。他也從不描寫一個在燒紅爐灶邊忙碌的女人，唯一例外是致命的愛絲（Asie）。愛絲是伏脫冷的姑媽，也是伏脫冷所有罪行的同謀，廚藝了得，「做的菜即便簡單如扁豆，一樣會令人懷疑是不是有天使往裡面加了天國的香草。」㉒但她同樣敢於在冰淇淋的草莓裡下毒，毒死警察佩拉德（Peyrade）——誰教這個警察敢懷疑她的姪兒！所以，想要看看女人燒菜的樣子，我們必須離開巴黎，走進外省。

「外省生活單調，無所事事，所以心思就轉到烹飪上去。那裡的人吃飯不像巴黎奢侈，但吃得更好，每樣菜都經過思索，經過推敲。在外省的心臟地帶，頗有些穿裙子的卡漢姆，她們都是些無名的烹飪天才，能把普通不過的一盤四季豆（haricot vert）做得令人吃了頻頻點頭，直如羅西尼聽到了完美演奏後的反應。」㉓這些廚娘不是精緻醬汁的專家，不可能在時髦的餐館找到工作（那裡的大廚需要懂得做一百道以上的菜），也會對用濃味醬汁掩蓋剩菜餿味的做法感到震驚。在這些老實女人的眼中，西卜太太簡直是下毒者。她們的才智表現在善於利用廉價、簡單的食材。值得指出的，她們並不是農民。巴爾札克對農民沒有多少好感。在小說《農民》裡，他以諷刺語氣描寫通薩爾太太（她丈夫是個惡名昭彰的盜獵者）的烹調才智。這女人開了家小吃店，專門賣丈夫和兒子在深夜偷偷弄來的食材：「她在村子裡以燒得一手好菜而出名，諸如罐燜兔肉、野味、醬汁、鹹肉餡餅和歐姆蛋，每道菜都會大撒調味料，讓客人吃得口渴，多喝幾杯。」㉔不過，在同一部小說裡，巴爾札克又樂此不疲地描繪了里古（Grégoire Rigou）所吃到的一些真正美食。里古是個村長，負責管理一座六十戶人家的村子。「這個吝嗇鬼對生活享樂充滿熱情」㉕，是法國鄉村地區特有的人物，「就此而言，凡是跟他有的一切——他的房子、他吹火的方式、他吃東西的習慣、他的意見和他的生活方式——都極值得注意。」㉖

里古原是僧人，利用大革命的機會逃出了本篤會的修院，開始學習法律，後來（在一八一五年）除了當上村長，還成了國家檢察官，又從事放貸生意，發了大財。他娶了本村已故神父的女管家為妻。一個從前修道院裡的弟兄老跟著他，成了這個重視感官之樂的小氣財神的跟班，身兼馬夫、園丁、貼身男僕和管家多職。巴爾札克不厭其煩地告訴我們，里古的飲食好得就像路易十四。

他如何能過得這麼逍遙？首先是把太太置於絕對順服的狀態。一等太太色衰，他就堅持雇一個年輕女傭侍候自己，又每三年更換一次女傭。他的一貫政策是雇用十六歲的少女，至十九歲便遣走。為了讓這種安排得到最大的物盡其用，他與太太分房而睡。他房間的陳設極盡舒適之能事，足以讓最吹毛求疵的巴黎女子備感滿意，包括了「有最好的床墊、質料細軟的被褥……以及掛著保證冷空氣流穿不透的寬大帷幔。」㉗猶有進者，他都是單獨吃飯（由太太侍候著吃）。里古太太會待丈夫吃完後再到廚房與兩個女僕同吃，讓丈夫可以靜靜睡覺，消化肚子裡的菜和酒。說到酒，里古喝的都是好酒，包括最上乘的「勃艮地」和產自波爾多、香檳區、魯西雍、隆河谷和西班牙的名釀（她太太則只喝得到土產酒）。

他吃的晚餐、午餐和宵夜都是佳餚，由一個技藝超群的女管家掌廚。例如，里古太太一星期會親手打發兩次牛油。所有醬汁都加入了鮮奶油。蔬菜都是從菜園現摘，直接下鍋。巴黎人吃慣了擺在店裡販售的蔬果（換言之是歷經日曬、塵染和店家一再灑水以偽裝新鮮模樣的），完全不知道「活」的蔬果風味有多麼細緻和難以

> 形容。
>
> 蘇朗日（Soulanges）的屠戶因為知道里古厲害，害怕失去這個主顧，給他送肉時都會選上好的。他吃的家禽都是自己家裡所養，肉質細嫩不在話下。㉘

里古太太的料理手法體現了巴爾札克的美食理想境界：使用新鮮食材，不添加任何辛香料，讓食物的天然風味充分流露出來（這種事不可能見於巴黎）。這種美食與里古的醜陋吃相形成鮮明對比：「他的大闊嘴和薄嘴唇透露出這個人吃喝起來有多麼不顧臉面，兩個下垂得像逗號的嘴角則透露出這個人有多麼好酒貪杯——每逢他吃東西或說話，湯汁或唾沫就會從這兩個嘴角源源流下。」㉙不過，嘴饞的人極少會受到巴爾札克的青睞，因此，在《人間喜劇》裡，我們找不到一個既重視口腹之慾又有德的角色。與里古構成天南地北反差的是《鄉村醫生》裡的貝納西（Bénassis）。這位鄉村醫生是《人間喜劇》裡的一個聖人，也是那種會引起讀者大大注意的聖人：有著痛苦和罪疚背景的聖人。

這醫生孤家寡人，要不是得到神奇女僕雅柯特（Jacquotte）的悉心照顧，肯定會過得苦哈哈。雅柯特是巴爾札克筆下最討人喜愛的女僕。貝納西當然需要她，因為這個單純、慷慨的醫生別無所求，活著只是為了幫助他人。就像許多好廚娘一樣，雅柯特也是由一位懂得吃的神父調教出來（他的菜園在地方上富有盛名）。當貝納西決定搬入這一區之後，買下了這位已故神父的房子和一切附屬財物（家具、陶器、亞麻布、酒窖、雞隻、車馬等），又請原有的貼身男僕和廚娘留下來服務。雅柯特「是能幹女管家的最典型，身材粗壯，總是穿著帶有紅點的深棕色緊身胸衣，胸口的帶子繫得緊緊，看似只是她動一動身體，衣服就會撐破。」㉚貝納西醫生放手讓她管理一切，只提出兩個最小的要求：每天傍晚六點開飯，每個月的支出不要超過某個數額。這種安排讓雅柯特稱心如意。

她決定飯菜的內容，監管著貼身男僕和馬廄，時時留意家裡的貯備夠不夠，又負責決定什麼時候殺豬。東家和貼身男僕都不敢過問她的決定，免得遭她長篇訓話。因為大權在握，「雅柯特總是笑容滿面，上下樓梯時像夜鶯一樣唱著歌兒——不唱歌的時候會哼著曲兒，不哼曲的時候會唱著歌兒。」㉛她也樂於告訴任何人，如果不是有她，「貝納西先生將會非常不幸，因為這個可憐人是如此不關心享受，即便別人用甘藍冒充鷓鴣拿給他吃，他照常察覺不出來。」㉜

雅柯特盡心盡力照料菜園，決心要把已故神父要求的水準維持下去，儼如他的靈魂還在屋子裡徘徊。一個好的菜園可以一年不絕地供應蔬菜水果。巴爾札克嗜梨成癖，想必知道路易十四的園藝官拉昆提涅（La Quintinie）曾開發出四十六種梨子：九種長於夏季，十種長於秋季，二十七種長於冬季。㉝雅柯特不可能有同樣能耐，但既然是土生土長於薩伏伊（Savoie）地區❸，她就一定懂得冬甘藍和義大利的夏甘藍。

路易十四的園藝官拉昆提涅（La Quintinie）。
圖片來源：Wikimedia Commons

拜她的努力，醫生的家幾乎可以做到自給自足。貝納西醫生對此大為動容（因為就像大部分對世事漠不關心的人那樣，他也有一個執念：想要幫助當地人改善經濟情況）。雅柯特對主人的放任政策習以為常，乃至有一次，當主人問

❸譯註：位於法國與義大利交界一地區。

她把客房準備得怎樣時（有客人要來住），她老大不高興。事實上，客房不只布置得十全十美（其床鋪被褥儼如為新娘子準備），雅柯特還會在客人就寢時送去一杯牛奶。她把房子看成自己的家。從雅柯特在小說裡為醫生煮第一頓飯開始，我們就知道這個家所託得人。

有一天，因為醫生要接待一位貴客，雅柯特把餐桌安排得特別隆重，在上頭「鋪上一張亨利四世時代的緞紋桌布——這種厚重的桌布由格蘭多爾熱兄弟（brothers Graindorge）發明，為家庭主婦所喜愛熟悉。它除了白得耀眼，還散發著雅柯特洗滌時加入的百里香的香味。白瓷餐具描著藍邊，保存得十分完好。長頸大肚玻璃瓶是八角形的，這種古式的瓶子只有外省人家才保存至今。餐刀的角質刀柄上鏤刻著怪異的人像。看在任何人眼裡，這些保存得近乎嶄新的老古董充分體現著它們主人善良直爽的個性。」㉞

雅柯特煮出來的肉湯濃郁得無可比擬。這一點饒富暗示意味，因為巴爾札克的作品一向奉行一條公式：一戶人家的肉湯若是煮得好，就代表這戶人家井井有條。毫無疑問，雅柯特的湯是用老式方法煮出來的，即只用很少的水，連續熬幾小時，反覆撇去浮渣，煮好之後再用細棉布過濾。以這種方式，她煮出來的肉湯非常清澈，其稠度完全是來自牛骨的膠質。這道料理簡單而完美，靠的完全是煮湯人的耐性，把外省飲食之所以優越的理由完全顯現。巴爾札克對湯非常感興趣，所以在捨得離開這話題前還提了雅柯特的另一道拿手好湯：蝸牛湯。因為大有滋補效果，貝納西醫生有時會帶些蝸牛湯給病人喝。這方子在當時是那麼流行，以致連卡漢姆都提供過一種做法：把十二隻蝸牛和四十八條青蛙腿加在水中，跟韭蔥和小蕪菁一起烹煮，煮好後加以過濾，以番紅花染色，早晚各服一次。

巴爾札克對女廚神雅柯特的唯一挑剔，是她不該一次只上一道菜。巴爾札克厭惡這種上菜方式，認為那會讓貪吃的人肆無忌憚地吃太多，又會讓節制的人因為肚子餓而耐不住等其他更好的菜。雅柯特的唯一遺憾是很少受到稱讚，這不奇怪：食物對貝納西醫生來說不是重要事；他吃飯只是為了生存，不是為了享受。但情況在另一個外省小城的另一戶人家卻截然不同，而該宅的廚娘除了燒菜，還會積極參與雇主的社交生活。

話說，在諾曼第小城阿朗松（Alençon），住著一位老姑娘科爾蒙小姐（Mademoiselle Cormon），她的全部魅力都繫於她的萬貫家財。這位《老姑娘》裡的女主角有一大群追求者，環繞她而構成的社交圈超過一百五十人。雖然恨不得找個男人嫁掉，科爾蒙小姐始終無法下定決心嫁誰，只能每星期一次在家裡以佳餚美酒宴客，聊以自娛。她奉客的菜餚非常精緻，以致在追求者眼中，她儼如一隻「肥嫩嫩的鷓鴣」，引人垂涎欲滴。這些豪宴都是在下午四點開席。巴爾札克指出，外省這種早早吃晚餐的習慣改變得很緩慢：直至「帝政時期」，鄉村地區的人家還會像舊王朝一樣，兩點便吃晚餐。

「飯廳地面以黑、白兩色的石塊鋪成，天

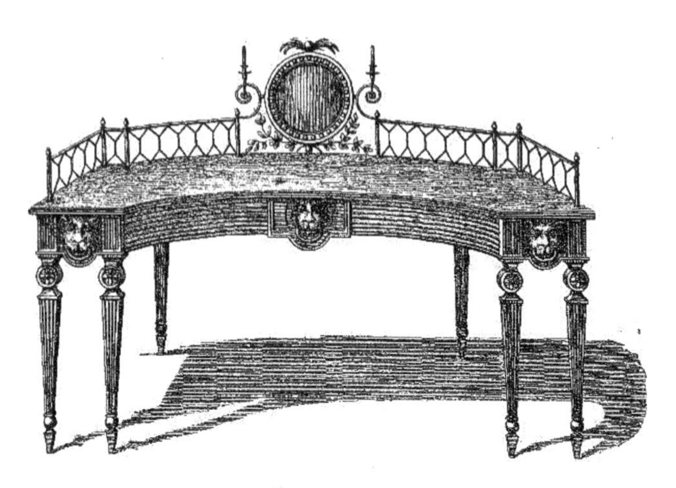

作工精緻的酒菜台，為法國外省舉辦筵席所必備。
圖片來源：Wikimedia Commons

花板沒有裝飾，但是椽子都上了漆。廳內擺著大理石面的漂亮酒菜台，它們是外省對腸胃開戰的必要配備。牆上裝飾著壁畫，畫的是花朵攀緣的棚架。座椅是上了清漆的藤椅，門扉是天然的胡桃木製造。這棟房屋裡裡外外的物事都洋溢著古樸恬靜的氣息。外省的裝潢天才在這裡把一切結合起來：這裡既無所謂的新，也

無所謂的舊，既沒有青春，也沒有老朽。」㉟

賓客一共二十來人，而足以顯示這種場合有多無聊乏味的，是每個人的座位皆經過事先安排（以小紙牌標示在桌上），以便大家可以換換交談對象，來點變化。在走入客廳前，熟門熟路的客人喜歡找廚娘瑪麗埃特（Mariette）聊兩句，打聽菜餚的內容：

> 瑪麗埃特看見法院院長走過廚房，便說：「啊，隆斯雷先生（Monsieur du Ronceret），我特地給您做了奶汁乳酪焗花椰菜吶。我家小姐知道您多愛吃這道菜，吩咐我說：『可千萬別忘了，瑪麗埃特，隆斯雷先生今天要來作客。』」
>
> 「科爾蒙小姐真是體貼！」首席法官回答說，「瑪麗埃特，我看您都是把花椰菜泡在肉汁裡而不是高湯裡吧？那樣的話味道會更濃郁！」
>
> 法院院長才不屑於走進由瑪麗埃

特主導的議事室去呢！他只是向裡頭投以美食家的一瞥，發出一個往昔料理大師的指示而已。

瑪麗埃特對格朗松太太（Madame Granson）說：「您好，太太，我家小姐可想著您呢，為您準備了一尾魚。」

至於德瓦盧瓦騎士（Chevalier de Valois），則是用大老爺紆尊降貴的口氣問瑪麗埃特：「哎呀，我親愛的藍帶廚娘，有什麼精細的菜餚是為我準備的嗎？」

「有的，有的，德瓦盧瓦先生，有一隻從普雷博戴（Predaudet）送來的兔子是專為您準備，足足有十四磅重呢！」㊱

這裡，我們看見了巴黎與外省的重大不同。在巴黎，赴宴的目的是與別人碰面。在經常設宴的人家，座上賓當然有很多都是常客，但明智的女主人總會想辦法吸引到更多意想不到的客人，增加席間的趣味。所以，席間的談話總不會千篇一律，在餐廳裡辦的晚宴尤其如此。但外省卻是沒有館子的，所以，一個人吃飯時不可能有機會跟非熟人圈子的人交談。外省的社會分野牢不可破，但巴黎的社會距離則日漸減少。正因為這樣，當小鎮昂古萊姆（Angoulême）最知名的貴婦巴日東夫人邀請呂西安（他父親只是區區一個藥劑師）赴宴時，還引起過一陣小風波。外省貴族人家自成一國的程度是巴黎人無法想像的。每個人的身分地位都有嚴格界定，自成一個小圈子，與大社會毫無交集。外省名符其實是「不動如山」，而造成這現象的一大原因是地理上的阻隔。在一八四〇年，主要的遠程交通工具只有驛馬車。這種馬車能載十六個乘客，行駛時極顛簸，一小時頂多可走四至五里格（十六至十九公里），而這還沒有把途中的各種耽擱計算在內：停下來換馬，讓乘客吃飯，因為山路或意外而減慢速度。坐驛馬車從巴黎到相隔一百九十公里之外的阿朗松得要一天時間，想要到圖爾更是需要兩天（如今透過火車則只需一小時）。消息傳播得很慢，城鄉之間極少交流，而這也反映在人們的生活節奏。每晚都是下同樣的雙陸棋（backgammon）和講同一批老掉牙的笑話。換言之，外省的生活相當無聊枯燥。

因此，儘管交談內容常常毫無新意，晚餐在外省並不只是一頓飯，還是一種娛樂方式，是對日常生活的枯燥乏味的一種暫時打破。就這樣，它獲得了一種不見於巴黎的重要性。「巴黎人……小覷吃食之樂，而在外省，人們卻自然而然把它看成頭等大事，對上帝規定於受造物的生存手段表現得也許有點過分熱中。」㊲

上述提過的幾個廚娘（里古太太、雅柯特和瑪麗埃特）分別反映出她們主人的專橫、善良和愛好社交，不過，接下來我們有需要看看另一類相當不同的廚娘，例如為葛朗台先生工作的拿儂（Nanon）和奧勳先生的女僕格麗特（Gritte）。她們的主人都是守財奴。對她們來說，做飯的重點不在追求美味，而在想辦法把支出壓到最低程度。葛朗台和阿巴貢❹都是吝嗇鬼的文學典型，反觀奧勳先生（《攪水女人》的一個配角）獲得的刻劃則沒那麼深入，不過，他對本書的論題密切相關，因為他也是個在用餐時間會大大披露自己的人。眾所周知，吝嗇鬼很少會快樂，但巴爾札克作品裡另有一個出人意表得多的主題：耽吃鬼並沒有比吝嗇鬼快樂多少。

❹譯註：莫里哀筆下的角色。

5

♦

吝嗇鬼與耽吃鬼

The Misers and The Food Worshippers

《人間喜劇》裡所有吝嗇鬼都恪守一條可敬的座右銘：我們應該為活而吃，不是為吃而活。在這一點上，巴爾札克對葛朗台和高布賽克著墨較深，對奧勳著墨較淺，但沒有吝於提到十幾個其他吝嗇鬼。他們的一個共通點是對吃食懷有著魔似的恐懼。例如，《外省的詩神》裡的拉博德賴先生曾斥責太太不應用布里歐麵包（brioche）招待客人。《鄉村教士》裡經營廢鐵買賣的索維亞（Sauviart）夫婦——女主角韋蘿妮克（Véronique）的父母——也是視錢如命，平常只捨得吃鯡魚、紅扁豆、乳酪和水煮蛋拌沙拉。遇到大節日不得不吃肉，索維亞太太便會萬般不捨地從圍裙裡掏出幾個銅板。他們家裡的唯一貯備是幾顆洋蔥和幾球大蒜。靠著這樣極端節儉，夫婦兩人累積出一筆不小的家財。他們的未來女婿格拉斯蘭（Graslin）也是節儉得出了名（他日後會變得非常富有），最為人津津樂道的軼事是「二十五年間沒請任何人喝過一杯開水。」①但這種筆法已幾近於漫畫。巴爾札克對高布賽克、葛朗台和奧勳的描繪要更細緻而逼真，而他們各自的吃食和待客方式也大大說明了他們的獨特人格。

頭兩位都是可怕怪物，第三位則較具喜劇性格。葛朗台的吝嗇和積聚慾已到達令人髮指的程度，會為了任何蠅頭小利而拋棄原則，對黃金具有不可遏止的慾望。為了錢，他不惜違背與當地葡萄酒釀酒商簽訂的契約，不惜出賣姪兒，不惜欺騙妻女，臨死前又出於反射動作想要搶奪神父手上的銀十架。至於放高利貸者高布賽克，則有著一個非常不同且不尋常的人格。他與葛朗台不同，身世神祕讓人膽寒。他所從事的高利貸業在某種意義下是個抽象的行業，反觀葛朗台跟現實世界的關係卻是緊密扣合。葛朗台無時不注意天氣，因為一陣寒流有可能會讓他收到的地租減少許多，反觀高布賽克則不用離開椅子，光憑一個貴婦抵押給他的鑽石便能估算出自己賺多少錢。兩個人的共同處是對黃金極為著迷，心情近乎膜拜。這種激情界定了兩人的個性，一如《絕對之探求》裡的拉埃的個性是由煉金術界定，而于洛男爵的個性是由好漁色界定。奧勳先生則不同：他不以積聚金錢為務，但捨不得花一分一毫，在不得不花錢時會心如刀割。

奧勳先生原是舊王朝的稅務稽查員，退休得早，未受大革命的腥風血雨波及，平靜生活在貝里（Berry）地區的心臟小城伊蘇屯（Issoudun）。他在《人間喜劇》上場時已高齡八十五歲，而巴爾札克也沒有拐彎抹角，從一開始便透過奧勳先生與廚娘的對話為他的人格定調：聽到廚娘跟他要繩子綁火雞，奧勳先生便從雙排釦常禮服的口袋掏出一根鞋帶給她，又不忘交代一句：「用過了就還我。」讓他的肖像更血肉豐滿的是吃飯時候的德性。奧勳是個守財奴，自以為可以用各種幼稚把戲把周遭的人耍得團團轉。有一次，他極為不快地得知太太要招待乾女兒勃里杜太太（Agathe Bridau）吃飯，同來的還有她的畫家兒子約瑟夫·勃里杜（他是巴爾札克最欣賞的那種藝術家，天分高而埋頭苦幹又愛戲謔，日後將會大放異彩）。抵達的那個晚上，約瑟夫在開飯時注意到，老頭已經事先把麵包切好（當然都切得極薄），心想說不定住在旅店會吃得更好。他想得一點都沒錯。

晚餐當然有湯，也當然是水汪汪的稀湯。接著女僕格麗特按照傳統的侍菜方式，把所有菜餚一次端上桌。在較講究的人家，水煮肉通常都會連同煮肉的蔬菜同放一盤，但精明的奧勳先生卻把胡蘿蔔、蕪菁和洋蔥另放一盤，自成一道菜，改用歐芹來搭配水煮肉。其他菜色還有水煮蛋拌酢漿草沙拉和幾小盅的香草奶蛋羹（不過這些所謂的「香草」奶蛋羹其實「是用炒焦的燕麥來冒充，味道與其說像香草，不如說像是用來冒充摩卡咖啡的菊苣粉。」②一家之主親自操刀切肉，把每片肉切得薄如鞋底。水煮肉在美食家之間評價不高，但因為做起來不費事，對只有一個僕人的人家較為可行。格麗特接著端上三隻鴿子。老頭毫不掩飾他對七個人吃三隻鴿子這種奢侈行為的心痛——要不是太太誓死堅持，他絕不答應！由於太太沒有過問喝什麼酒，奧勳先生便端出一八一一年份的家釀葡萄酒奉客：既是一八一一年的產品，就表示這酒幾乎是不能入口的，因為那一年的葡萄歉收而質劣。

這頓飯讓年輕的約瑟夫愈吃愈餓（他們母子的上一餐是早上六點在一家糟透的咖啡廳吃的），便再要求一些麵包。

奧勳先生沒法子，「只得站起來，慢吞吞地從大氅口袋掏出鑰匙，打開背後的食櫥，鄭重其事地從一條十二磅重的麵包切下一小段，再切成兩半，放在一只碟子裡，遞給坐在桌子另一頭的約瑟夫。他嘴巴裡沒說話，貌似鎮定，但心裡卻像個要上陣的老兵那樣暗暗叫嚷著：『也許今天就會要了我的老命！』約瑟夫拿過半塊麵包，心裡明白不能再多要了。這種無比的小家子氣在約瑟夫眼中也許荒謬得難以置信，但奧勳先生自己的家人卻無一覺得奇怪。」③

更糟的還在後頭。甜點包括小塊乳酪和餅乾，乳酪四周還裝模作樣地點綴著核桃。值得指出的是，在巴爾札克的世界裡，核桃乃是窮人的食物，因為他一輩子都無法忘懷自己住在閣樓時期每天吃的「鼠食」（麵包配榛果或麵包配櫻桃）。為了不失禮，奧勳太太要求女僕拿出水果奉客，沒想到格麗特回答說：「太太，爛的水果都吃完了。」約瑟夫登時大笑起來，明白到這戶人家非等水果放到爛不會拿來吃。接著，他戲謔地表示，他不介意吃不爛的水果。

　　高布賽克是個更令人不寒而慄的角色。因為放高利貸者的錢不都是從別人口袋直接取得的嗎？這個人的過去既神祕又暴力。他父親是荷蘭人，母親是猶太人。十歲那年，他被母親送到船上當小水手，在世界東漂西蕩了二十年，經歷過各種可怕的意外、突如其來的恐怖和不請自來的歡愉。他在東印度群島的荷屬領地待過很長時間，後來又去過阿根廷和參加過美國獨立戰爭，認識當時最知名的海盜。但巴爾札克從未告訴我們，高布賽克最後為何定居巴黎，住在拉丁區格雷斯街（rue de Grès，今日的街屈雅斯街〔rue Cujas〕）的一間破陋小房間；我們也不知道，高布賽克對高利貸業的專門知識是從哪裡學來。巴爾札克並沒有就高布賽克的猶太背景大做文章：高布賽克既不信教，也沒有跟猶太社群往來。就此而言，高布賽克和《人間喜劇》裡其他三十來個猶太人角色並無多大不同：他們從沒有跟其他猶太人形成一個小群體、一個家庭或一家猶太會堂。巴爾札克從不強調他們的猶太血統。他們已經全然同化，有些從事的固然是猶太人色彩強烈的行業（如畫商和銀行家），但也有許多是當記者、醫生，或只是旁觀者。

高布賽克的故事是由年輕律師德維爾（Derville）所敘述（德維爾在《高布賽克》裡才剛踏入社會，但日後將會成為《人間喜劇》最著名的律師）。他是高布賽克的鄰居，對這位放高利貸者的為人深感好奇。找高布賽克借錢的都是富有的少爺、愚蠢的貴婦或處於破產邊緣的銀行家。他頑固而無情，可以看穿顧客的每個詭計，說話一針見血，光憑一言半語就可駁得他們語塞，不得不就範。高布賽克形容憔悴，總是獨來獨往，不肯跟所剩無幾的親人（妹妹的子女和孫子女）聯絡（因為《人間喜劇》到最後總會交代每個人的一切，所以讀者很快便會得知，高布賽克的最後一個後嗣乃是著名的煙花女愛絲苔）。德維爾告訴我們，高布賽克是個很神奇的人，因為他看似無所不知。這隻「吸附在巖礁上的生蠔」是憑什麼法力可以看出別人行將破產，可以任其予取予求的？高布賽克吝嗇得連聲音都省掉。他在客戶面前極少說話，反觀他的客戶（他的俎上肉）「有時會怒不可遏，大聲咆哮，但繼而又會陷入沉默，像是廚房裡剛被扭斷脖子的家禽。」④他的食物看似是黃金和珍貴寶石。有一天，德維爾看見高老頭的女兒雷斯托伯爵夫人（Comtesse de Restaud）把一批首飾抵押給高布賽克。這時，高布賽克「那蒼白的雙頰頓時紅潤起來，眼睛閃爍著不自然的光芒，像是把鑽石的閃光給吸了過去。他站起來，走到亮處，把鑽石湊近他那張凹陷的無齒嘴巴，好像要把它吞下肚去似的。他嘟嘟噥噥，把手鐲、墜子、項鏈、冠飾逐一撿起，就著日光看清楚它們的色澤、白淨程度和切工。他把它們從盒子裡拿出來，放回去，又拿出來，翻來覆去，讓它們從各個角度放射光芒。他再也不像老人，更像個小孩——或者應該說，他已把童年和暮年集於一身。」⑤

高布賽克除了吃鑽石，還吃些什麼別的嗎？他瘦巴巴（但四肢仍靈活得像頭牡鹿），每天吃一頓由附近烤肉店送來的飯食，用擠在壁爐角落的鐵皮爐子煮咖啡來喝。德維爾一星期邀他吃兩次晚餐，這時他會容許自己吃只鷓鴣翅膀和喝杯香檳。導致他與食物完全脫離關係的是年老帶來的昏昧。他要求債務人送他食物當禮物，由此貯存起大堆吃食，但又出於某些吝嗇鬼特有的不合邏輯本能，把食物擱著不吃。他的女門房形容，他「把什麼都吞下去了，可從來沒見他長胖。」⑥巴爾札克指出，這是一種可怕徵兆，「其表現為稚氣和莫名其妙的固執——每當一個人老得智力退化但卻仍有有一種強烈慾望殘存下來時，都會有這種情形發生。」⑦高布賽克這種症狀讓巴爾札克有機會描述一大堆爛掉的珍稀食物。就像一條貪得無厭的大蟒蛇（巴爾札克也把葛朗台比作大蟒蛇），高布賽克把收到的禮物全堆在一些他租來堆東西的房間裡。與他相比，葛朗台的行事方式要更符合吝嗇鬼的邏輯：把一切自己不能吃或不想吃的食物賣掉，換來銀子。高布賽克不是沒想過把食物賣掉，但出於老糊塗，他老是跟二手食品收購商討價還價，從不讓步，而在這爭持不下的過程中，他藏起來的食物也一一腐爛。

女門房在高布賽克病危之際把德維爾找去。因為意識到自己到了「非把一切留下來不可」的地步，高布賽克指定德維爾為遺囑執行人，把愛絲苔找來繼承遺產（他還特別說明愛絲苔暱稱「電鰻」，是個無比漂亮的小妮子）。他的最後一個交代讓德維爾莫名其妙：「您要拿什麼就拿吧，盡量吃吧。這裡有史特拉斯堡鵝肝醬，有一包包的咖啡，有糖，有金湯匙。」⑧就像生怕自己會被誰抓走似的，他伸出瘦骨嶙峋的手抓緊毯子，嚥下最後一口氣。德維爾被這些瘋言瘋語弄得心煩意亂，乾脆抓起鑰匙串，巡視高布賽克用來收藏東西的房間。看到的光景讓他嚇一大跳：

數不盡的各種各類食物，包括腐爛的蛋糕，甚至還有發霉的魚類和貝類，臭氣沖天，幾乎使我窒息。到處都是蛆和蟲。在這些不算太久前收到的禮物四周，胡亂堆放著各種形狀的盒子、一箱箱的茶葉和一包包的咖啡。壁爐上有個銀質的大湯盤，裡面放著好些從勒阿弗爾（Le Havre）寄來的提貨通知單，收貨人的名字都是他，貨品包括一包包的棉花，一桶桶的糖、甜酒、咖啡、靛青染料、菸草和各種海外殖民地出產的農產品！……回到他房間之後，我在寫字台發現他的財物何以會愈積愈多、愈堆愈亂。在一個文件夾子裡放著高布賽克和一些商人的往來信件，看來，他經常計畫把收到的禮物賣給這些商人。可是，也許是因為這些商人已經吃過詭計多端的高布賽克的虧，又也許是因為高布賽克索價過高，每一樁買賣都沒有談

> 成。他沒有把食物賣給「榭韋」，因為「榭韋」只願意以七折收購……同樣地，他想出售銀器，但拒絕付運費；想出售咖啡，卻不肯扣除損耗。總之，每樣貨品都掀起一場爭論……⑨

除了浪費食物，高布賽克也浪費了他的金山銀山。湊巧，就在他去世的同一天，漂亮的愛絲苔自殺身亡。所以，他的財富將不會有機會為任何人享用。這個守財奴的生存狀態有多麼乾癟，縮影在他對吃食之樂的完全拒絕。不過，高布賽克獨居，苦的也只是自己（這是假定他會以困乏生活為苦）。

葛朗台先生可不是這個樣子，他不僅與別人同住，還有個能幹得不得了的女僕拿儂當左右手（在巴爾札克筆下的眾多廚娘裡，拿儂顯得卓爾不群）。在家裡，葛朗台先生受到三個女人侍候（他太太、女僕和女兒），儼如專制君主。太太怕他怕得要命，起居飲食全牽就丈夫的要求，而他女兒也不許在未得許可的情況下找他說話。只有拿儂無懼於葛朗台先生的眼神，始終從容不迫。她每天充滿自信地與他討論食物貯藏室的庫存，敢於爭取多一點點的麵包和農產品，有時甚至敢給他說個笑話。這是因為葛朗台先生信任她，了解她的能力。她是他的代理人，像條忠狗一樣捍衛著主人的最大利益，所有家務一手包辦，早早起床工作，深夜才休息。當男主人出遠門，負責收地租的是拿儂而不是葛朗台太太。男主人的祕密投資也是由她照管。

葛朗台先生是怎樣管理家裡的？他認定太太無法明白他持家的原則，所以解除她的一切持家之責。他親自監督一日三餐的內容。他的基本原則很簡單：不花一個子兒，換言之，什麼都不買。當時，就連最普通的人家都是跟麵包師傅買麵包，但葛朗台家卻不是這樣，而是每星期自行烘焙麵包一次。他從不買紅肉，吃的閹雞、野味、河魚、鰻魚、梭子魚、雞蛋和水果都是由佃農孝敬（但他通常一收到這些孝敬都會馬上賣掉）。所以，我還需要指出這家

巴黎哪裡都買得到咖啡，巴黎人也一天到晚喝咖啡。Giovanni Boldini 繪於一八七八年。圖片來源：Wikimedia Commons

人每餐都只吃得少少嗎？每逢想喝肉湯，他會吩咐女僕打隻烏鴉熬湯。每人每日可以分配到一片糖（當然是小小一片）。葛朗台先生的樂趣之一正是在空閒時間切糖（當時的糖仍是一長條一長條地賣）。雖然糖價已經不若從前昂貴（這是因為從復辟時期開始，糖已經可以自由賣賣，而且有了用甜菜根製成的糖上市），但在葛朗台先生眼中，糖仍然是奢侈品。讓他覺得奢侈的還有咖啡。其時，咖啡已是法國最普遍的飲料，為每個社會階層所愛喝。中央市場落成後，有些女人會把煮好的一大錫桶咖啡揹到那裡去，倒在小陶杯裡賣給路過的客人。糖不是喝咖啡所必需，但牛奶卻不可少：加了牛奶，咖啡便會略帶甜味，足以成為工人階級每天的第一道提神劑。所以，即便吝嗇如葛朗台先生，仍不敢剝奪妻女喝咖啡的樂趣，但在他的指令下，拿儂把咖啡煮得很稀。

那麼，葛朗台家裡都是吃些什麼？起床時只喝一杯咖啡，十一點以前幾乎什麼都不吃。他們吃午餐的時候甚至不會坐著，因為飲食的內容毫無樂趣可言。他們站著吃點水果或是啃一塊麵包，喝一杯白葡萄酒。要知道，在索漠（Saumur）❶，葡萄酒垂手可得，就像茶之於印度，非常便宜。除非葛朗台先生招待客人（這種情況極罕見），否則晚餐都是喝點湯和吃點雞肉。我說的「極罕見」真的是極罕見：二十

---

❶譯註：葛朗台一家居住的小鎮。

年間只發生過四次！每逢這種時候，他就會從地窖取出一些極精美的葡萄酒（巴爾札克筆下的任何酒窖總是個無盡藏），又吩咐女傭準備野味和魚。不過，如果是出門在外，他也有能耐二十四小時粒米不進。

他的妻女對這種修道院養生法（以「養生法」來形容並無不妥，因為葛朗台一家從不生病）安之若素，直到一個親戚從巴黎來訪才發生變化。這親戚名叫夏爾，是個風度翩翩的青年。有一晚，他在沒事先知會的情況下，奉父命抵達葛朗台先生家。他不知道他爸爸已經破產，而且已經舉槍自盡。葛朗台先生是從姪兒帶來的封口信上得知這一切，但沒有透露一個字。一宿無話。但第二天早上，被堂弟英俊相貌動容或迷倒的歐也妮決定要改善家裡的日常膳食。她深知，夏爾起床後不可能只喝一杯咖啡就滿足，但除咖啡外，她又能提供他什麼呢？她向拿儂透露想法，但又絕不敢向父親要求些什麼。一等葛朗台先生出門料理生意，母女兩人便忙碌起來，拿儂也答應用歐也妮好不容易省下的幾個銅板購買咖啡和糖。

英俊的年輕人好不容易起了床，一齣喜劇隨之上演。被問及想吃些什麼，他回答說：沒什麼想吃的，但吃隻鷓鴣或雞亦無妨。拿儂不失冷靜，給他煮了兩顆水煮蛋，又奉上一碟子鋪排得漂漂亮亮的葡萄和一杯牛奶咖啡。歐也妮在咖啡旁邊擺上一只放了幾片糖的小碟子。先前，為了讓起居室顯得更舒適，她在壁爐旁邊架了一張小桌子，又把一張單人沙發移到壁爐前方。新鮮雞蛋讓堂弟吃得愉快，但咖啡難喝得讓他發笑。拿儂大概已經把咖啡煮得比平常濃些，但葛朗台家的咖啡無論如何只略強於添了顏色的水。

當時的法國人已習慣用「夏普塔」咖啡滲濾壺煮咖啡喝，但在葛朗台先生家，咖啡仍然是直接煮開：這樣煮出來的咖啡會一片混濁。就在夏爾還在喝咖啡的時候，一陣腳步聲傳來——男主人突然回來了。葛朗台太太驚得呆若木雞，歐也妮馬上把糖碟子撤走，只留兩片糖在桌上。拿儂也趕緊把放蛋的盤子收走。但太遲了，葛朗台先生已經把一切看在眼裡。他對女兒竟敢違抗父命招待客人吃葡萄又驚又怒，但並沒有花太多時間便恢復家裡的綱紀。夏爾很快也不得不就範於叔叔制定的嚴格紀律。

這小說的結尾可想而知。夏爾出發前往西印度群島尋找發財機會，歐也妮拿出積蓄的金幣給他作為資金。父親得知此事後怒不可遏，罰女兒每天只許吃麵包和喝水。故事的悲劇性結局是猜得到的：葛朗台太太憂鬱而死，歐也妮再也沒有收到夏爾的任何消息，只能跟父親相依為命。葛朗台先生最終認定女兒已完全認同他所灌輸那套極端吝嗇的持家之道，不再害怕把家裡的大權交到歐也妮手中。他日益瘦損，在一次中風後更是全身癱瘓。自此，他幾乎不吃不喝，每日唯一的慰藉是端詳女兒攤在他面前桌子上的金幣，一看就是幾小時：「『它們讓我感到溫暖！』他不只一次這樣說，臉上流露出極端滿足的表情。」⑩

他是在緬懷往昔以金幣為食的日子嗎？方其盛年之時，「葛朗台先生的積財本領可說是孟加拉老虎和大蟒蛇的合體。他會把身體壓得低低，蹲伏著，監視著獵物的一舉一動，觀察個大半天才撲上去，然後張開血盆大口，把大把大把的金銀吞進肚子裡。這之後，他會像是漂亮的爬蟲類那樣，安安靜靜地睡一段時間的覺，消化食物。另外，就像蛇一樣，他做事快狠準，冷靜非凡，凡事按部就班，根據的是只有他自己知道的時間表。」⑪守財奴葛朗台唯一真正的食物只能是金錢。

與那些只嗜金嗜銀的超級守財奴截然不同，耽吃鬼把歡樂寄託在酒菜上。我這裡說的耽吃鬼都是男人，因為在當時，上流社會的婦女都吃得很少。莫泊桑指出，這些女人不懂得欣賞美酒，懂著欣賞佳餚的也寥寥無幾。在巴爾札克的小說裡，只有卡迪央王妃（Princess of Cadignan）在吃飯時表現自然，從心所欲地吃食：這是因為她想勾引作家阿泰茲（Daniel d'Arthez），而阿泰茲討厭裝模作樣的女人，讓她不得不拋棄誇張的節食習慣。巴爾札克筆下其他女人都因為太怕胖，不敢在用餐時縱情大嚼。

參加正式晚宴的女人總是吃得很少，因為她們隱藏著的甲冑對她們構成牽制，會被周身的蕾絲邊勒得緊緊。再說，其他在場女人的眼睛和嘴巴也讓人望而生畏。她們更喜歡吃嬌貴的菜餚而不是好吃的菜餚，所以不介意吮吸一根龍蝦爪子、吞一兩隻鵪鶉和啃一只丘鷸翅膀。一開始她們當然也會吃一點點用某種法國醬汁調味的鮮魚，因為這些醬汁正是法國烹調術光芒四射之所繫。法國就是靠它對一切的好品味（包括繪畫、時裝等方面的品味）稱雄於世，而肉汁也是法國在烹調品味上的一大勝利。因此，不管是年輕女工也好、商店老闆娘也好，公爵夫人也好，全都樂意吃一丁點美味的晚餐，以千中選一的葡萄酒佐餐（但她們喝得很少），最後再吃點巴黎才買得到的水果。她們特別高興的是餐後可以到劇院的包廂看戲，邊聽著舞台上的蠢話和旁人給她們咬耳朵解釋劇情的蠢話，邊消化肚子裡的少許晚餐。⑫

反觀男人則沒有這種拘謹。但奇怪的是，我們在《人間喜劇》裡幾乎找不到一個耽吃卻快樂的男人。這些耽吃鬼不外乎幾類人：不被允許享受男歡女愛的神職人員、戴綠帽的老公、被老婆瞧不起的男人，不然就是沒有女人緣的可憐蟲。巴爾札克喜歡在床笫違和與好酒貪吃之間建立因果關係。這是因為，在他看來，貪圖口腹之樂往往是一種補償作用。事實上，巴爾札克筆下的女人常常會針對丈夫或情人的口腹耍手段，而她們也很快明白到，美饌作為修補劑要比作為釣餌❷有用。巴爾札克在《婚姻生理學》裡描寫過美饌的前一種作用：

假設「家門不幸」發生在饕客身上，

❷譯註：指用「吃」作為挑逗男人的手段。

這個人自然會要求符合自己口味的慰藉。他的快感將會寄託在另一種滿足，形成另一些習慣。你將會根據另一些感官樂趣形塑自己的生活。

一天，當你從部裡下班回到家，看見飯廳的酒菜台上傲然佇立著一包史特拉斯堡的鵝肝醬，不禁呆若木雞（你會呆若木鵝，是因為回家途中你曾在「榭韋」的美食貨架前猶豫良久，拿不定主意是要留著身上的一百法郎還是拿它去買一包史特拉斯堡鵝肝醬，最後決定不買）。你心想，難道這是嘴饞所引起的幻象嗎？你滿腹疑團，帶著堅定的步伐朝牠（因為鵝肝醬也是一種活物）走去，彷佛聞到有陣陣的松露香氣從鍍金的包裝紙裡飄出來，讓你幾乎想大叫一聲。你探身聞了兩次，上顎所有味覺神經登時活躍起來，彷佛嘗到了一頓美餐的快樂滋味。在這種極樂狂喜的情緒中，你突然因為想起這頓有多麼所費不貲而心痛，於是往妻子的房間走去。

「親愛的，以咱們的收入其實吃不起鵝肝醬。」

「可那不花我們一毛錢呀！」

「怎麼可能！」

「是真的，鵝肝醬是阿希勒先生（M. Achille）的弟弟送他的。」

你瞥見阿希勒先生坐在房間一角。這位單身漢給你打招呼，看來對於你願意接受鵝肝醬高興不已。你看著妻子，只見她滿臉通紅，然後你捋了幾下鬍子。由於你沒有說謝謝，所以那對情人猜到，你已經接受了補償。⑬

就像是擔心鵝肝醬還不夠看似的，這位妻子又以姬妾般的殷勤給丈夫奉上餐後咖啡：「她十分仔細地沏煮、加糖，又自己先嘗一口才遞給丈夫……面上陪著笑臉。」⑭

反觀很少有女人可以靠抓住一個男人的胃而抓住他的心，唯一例外是匈茲太太（Madame Schontz）。又名奧蕾莉（Aurélie），她是拿破崙麾下一個上校的女兒，也是皇后約瑟芬的乾女兒，自小受到良好教養，但父母早死，毫無資財，只能在聖德尼一間學校教書餬口（該學校是拿破崙建立，專門教育父親或祖父得過榮譽十字勳章的女孩）。奧蕾莉後來厭倦了教書的清苦生活，便投身煙花界，但因為年紀比其他「同事」大，遲遲找不到長期飯票，好不容易才搭上羅什菲德（Arthur de Rochefide）——這位先生剛被狠心的老婆貝阿特麗克絲（Beatrix）甩掉。因為怕被奧蕾莉當成肥羊，羅什菲德每個月只肯給她一千兩百法郎作花費。但狡猾的奧蕾莉最後卻靠著廚藝和持家有道贏得信任。她發現，羅什菲德每次上館子，輕輕鬆鬆就會花掉六十法郎（若是邀請兩三好友同往更是會花掉超過兩百法郎），於是向他建議，每天只要給她四十法朗，她便可以為他和他的朋友鋪排出一桌酒菜。羅什菲德同意後，她進一步要求一些治裝費，以免她在他的朋友面前丟他的臉（羅什菲德的朋友全是賽馬俱樂部的會員，非富則貴）。

奧蕾莉「努力在這個新階段表現出自己還有其他優點。她充分發揮了家庭主婦的才幹，為自己贏得很大讚賞。據她自己說，她光靠兩千五百法郎便可以把每個月的開支打平，無須舉債（這種事在第十三區❸的聖日耳曼鎮區可說聞所未聞）。而且，她燒出來的菜餚比紐沁根家❹的不知要好多少倍，席間還可以喝到十至十二法郎一瓶的上等葡萄酒。羅什菲德驚訝不已，很高興能把朋友邀至家裡來用餐又不花多少錢。他摟住情婦的腰，在朋友面前誇她說：『她是件寶貝！』」⑮

匈茲太太贏了遊戲，不像可憐的薩賓娜·凱尼克（Sabine du Guénic），雖然也是企圖用美食挽回變心的丈夫，卻枉費心機。勾走她老公

---

❸作者註：當時巴黎一共只有十二「區」。任何跟男人姘居的女人都會被說成是住在第十三區。

❹譯註：紐沁根為巴爾札克筆下的猶太銀行家。

卡利斯特（Calyste）的不是別人，正是上述那位羅什菲德先生的太太，即咄咄逼人的貝阿特麗克絲。卡利斯特年輕、長得好看、生性軟弱而嬌生慣養。貝阿特麗克絲自知姿色無法再維持多久，勾引卡利斯特的決心益形堅定。她仍然非常漂亮，是個情場老手，看不慣別人幸福，成功拆散了凱尼克夫妻這對佳偶。薩賓娜注意到，丈夫對自己愈來愈冷淡，而且平常胃口極佳的他「用餐時只啄兩三口便會示意僕人把盤子端走。」⑯於是，她決心要用美食贏回丈夫的心，又想辦法打聽他在情婦家吃到的是什麼好料。她派忠僕加斯蘭（Gasselin）「去跟貝阿特麗克絲的廚娘混熟，探聽出對方的菜餚後如法炮製，甚至加倍講究——卻一點效果都沒有。卡利斯特仍繼續嫌三嫌四。」⑰這個結果讓她心碎，開始懷疑情敵是不是讓卡利斯特「吃慣了裝在英國調味瓶裡的金龜粉末。」⑱其實，無庸我多說，想要讓丈夫迷途知返，薩賓娜應該採取的是不同的策略，因為，貝阿特麗克絲能迷住卡利斯特，靠的不是精緻佳餚，甚至不是有催情作用的金龜粉末。其實，卡利斯特是因為沉醉在愛情裡，才會不再重視舌尖之樂。最後，讓事情發生轉機的是薩賓娜身邊的四個女人（包括她媽媽、她的兩個密友和匈茲太太）想出來的一條妙計：她們找來一個窮哈哈的義大利伯爵拉帕菲林（La Palferina），給了他一大筆錢，要他勾引貝阿特麗克絲，並把此事弄得街知巷聞。貝阿特麗克絲因為貪慕虛榮而輕易上鉤，讓卡利斯特終於了解這個情婦有多麼寡廉鮮恥，幡然覺悟，回到太太身邊。

正如我前面說過，巴爾札克筆下真正愛吃的人沒有一個是快樂的。《阿爾貝・薩瓦呂斯》裡的瓦特維爾先生（Monsieur de Watteville）非常安靜（巴爾札克形容他安靜得像窩在腐爛木板裡的木虱），娶了一個富有的女繼承人，對方虔誠、憂鬱、拘謹而挑剔。這對夫妻的家庭生活毫無樂趣自不待言。瓦特維爾先生從很早便知道，自己在家裡不可能當得了主兒。為了尋找慰藉，他開始蒐集昆蟲和貝殼，又寄情於吃食。在他家裡，「菜餚極盡精美。為了有事可做和讓生活有點變化，瓦特維爾先生自任家裡的飲料總管，挑選來娛賓的都是名酒佳釀，讓他在省裡頗有點名氣。」⑲這種小小的成就並沒有讓他的生活更有生氣，但至少可以幫他打發時間。

另一個不快樂的老公是蒙佩爾桑伯爵（Comte de Monpersan）：他太太背著他偷人，而他自己則愛吃得猶如患了飢餓症。有一天，他太太因為情夫意外死亡而陷入絕望，口口聲聲要去尋死，隨之不見人影。在座的客人都不知所措，卻只見伯爵渾然無事，繼續吃食。巴爾札克這樣指出：「他被康復期病人常有的貪吃慾支配著；動物性的食慾戰勝了人類應有的一切感情。」⑳

在所有寄情吃食的老公中，特別值得一提的是鮑賽昂先生（Monsieur de Beauséant）。這位巴黎伯爵大方得毫不在意妻子對阿瞿達侯爵（Marquis d'Ajuda-Pinto）的迷戀（巴爾札克形容，阿瞿達侯爵是「當時一票目空一切的紈褲子弟」中的佼佼者㉑）。他會這麼大方，原因之一是，在他們的圈子裡，婚姻忠誠並不被認為是美德，反而會被取笑。再者，老婆有了情夫，鮑賽昂先生便可省下工夫，不用晚上陪她去看戲。鮑賽昂先生基本上是個活膩了的人，「除美食佳餚外不剩多少人生樂趣。」㉒就像他的國王路易十八一樣，鮑賽昂先生因為太愛吃，任由自己胖得必須有人攙扶才能站著。在吃這件事情上，他講究雙重的奢侈：「風格的奢侈和內容的奢侈」。㉓所以每逢用餐時間，他的飯廳都會金碧輝煌，把「復辟時代的考究……帶至最高程度。」㉔事實上，「復辟時期」正是飲食美學的巔峰階段。就像巴爾札克本人一樣，鮑賽昂伯爵鍾情於雕琢精美的銀餐具、細緻無比的亞麻布，安安靜靜的僕人，又絕不能容忍有一絲異味摻雜到菜餚的香氣裡。他堅持排場一定要十全十美。眼目之樂必須比實際滋味優先。這就不奇怪他的大廚會仿效卡漢姆的做法，用切成花瓣狀的松露來裝飾盤邊，把生蠔藏在海草築成的巢裡，做出五顏六色的肉凍，用甘藍、菠菜和萵苣葉子築成小巧結構。每道菜都經過偽裝，又複雜又精細。看在鮑賽昂眼裡，「帝政時期」的宵夜顯得相當粗俗野蠻：這些宵夜都是舞會結束後舉行，菜色包括堆得高高的火腿、香腸、野豬頭和還滲著血水的肉（因為「參加舞會的軍官都必須吃得飽飽以備隨時會被徵調。」㉕）。「復辟時期」（一個巴爾札克特別喜愛的時期）重新把考究和優雅引入社會，這種品味的轉換正反映在鋪排餐飲的藝術上。正是鮑賽昂伯爵讓拉斯蒂涅（他在《高老頭》裡仍是個窮學生）有機會一窺何謂絕對的奢華，何謂詩性的奢華。瓦特維爾、蒙佩爾桑和鮑賽昂都是耽吃鬼，但巴爾札克對他們的描寫只是寥寥幾筆，細緻入微的程度遠遠及不上《攪水女人》裡的魯傑醫生（Docotor Rouget）父子或《邦斯舅舅》的主角（邦斯舅舅對吃食的耽溺最終要了他的命）。

《攪水女人》是巴爾札克小說中最陰暗、枝節最豐富和最戲劇性的一部。眾多角色紛紛上場，把讀者從巴黎（中途繞道美洲）帶至伊蘇屯。其中一位角色是我們先前便認識：年邁的吝嗇鬼奧勳先生。現在，讓我們把注意力轉向魯傑醫生父子——這對父子同樣耽吃，但卻有不同的吃食方式，耽吃的理由也大異其趣。

魯傑醫生是個「惡毒和狠心的老頭」㉖，他兒子則是個什麼都不懂的草包。有一次，魯傑醫生出診返家途中，看到一個衣衫襤褸但非常漂亮的小女孩在攪動溪水❺，想把螯蝦趕至上游，讓一個守在那裡的男人給抓著。醫生停下來和小女孩說話，得知她名叫弗洛兒（Flore），今年十二歲，便問她是不是願意跟他回家。他保證會讓她吃好、穿好，還有漂亮鞋子可穿。以兩百埃居的小錢，魯傑醫生和她叔叔（就是跟她一起的男人）達成了協議。

回到家之後，魯傑醫生馬上讓弗洛兒洗了個澡，讓她睡在他樓上的房間。他又找來女裁縫和鞋匠，讓弗洛兒可以穿得體體面面，然後又找來家教老師教她認字和算術。他的如意算盤是當個小號的路易十五（路易十五經常由一

---

❺作者註：這正是法文原書名 *la rabouilleuse* 的由來；在法文，rabouiller 一詞意指「攪動」。

群非常年輕的少女陪伴，在私邸「鹿苑」消磨晚上）。不過，七十歲那一年，他開始感到自己是枝「暮年之花」㉗，而當到達可以「採收」成果的階段，他又發現「大自然已經毀了他的行樂大計。」㉘但他繼續讓弗洛兒留在家裡，而弗洛兒也喜歡住他家，覺得自己幸運無比，因為現在的生活要比從前與叔叔同住好太多倍。為了可以繼續待著，她沒有忤逆醫生的一些「奇思怪想」，「像個東方女奴那樣任其擺布」㉙，因為她憑著她的農民常識知道，任何可以讓她擺脫以前「那個常常餓肚子和有無盡折騰的地獄環境」的做法都是正當的。㉚巴爾札克並沒有描寫細節，但憑著熟練技巧便足以讓讀者知道弗洛兒的心靈無形中受到了哪些荼毒。

儘管如此，魯傑醫生對自己力不從心還是很恨（又特別是因為弗洛兒出落得那麼標致），只好向吃食尋求慰藉。拜他一手調教的胖女僕芳謝特（Fanchete）之賜，他吃到的都是優質美食。魯傑醫生對廚藝有一套，是因為他在巴黎學醫學到許多化學知識，日後把這些知識應用在烹調，自闢出蹊徑。《人間喜劇》裡出現過的唯一一道食譜就是他的研究心得。

「他有幾項烹飪藝術上的改良在伊蘇屯非常出名，但出了貝里地區便少人知道。他發現，做歐姆蛋時，不應該一開始就把蛋白和蛋黃混在一起，像一般廚娘那樣使勁打發起來。他主張，想讓歐姆蛋更精緻可口，應先把蛋白打成泡沫，才好混入蛋黃，而且要慢慢混入，一次一點；炒的時候也不應該用平底鍋，而要用瓷製或陶製的『卡涅』（cagnard）。『卡涅』是一種極厚身的大淺鍋，有四只腳，放在灶上時因為底下空氣流通，不會過熱而爆裂……魯傑醫生還有一道祕方，可去掉麵粉醬汁的酸澀味，可惜因為祕而不宣，沒能流傳下來。」㉛

他的餐桌並沒有高朋滿座的情形。當地人不喜歡他，而他也會唬嚇鄰居和四周的人。大家知道他從前對妻女有多刻薄。他為人難相處，別人在他面前會擺出一張笑臉，又會在他背後對他的荒唐行徑議論紛紛：

攪水姑娘來了兩年後，有人說：「都活到這麼一大把年紀，那老猢猻還能對一個十五歲的女孩有什麼作為？」

另一個人接話說：「你說得不錯，他能作樂的日子早已過去了。」

……

「那老賊肯定讀過《舊約》，不會不知道大衛王入老後是怎麼取暖的。❻」㉜

雖然有弗洛兒的存在，但魯傑家毫無歡快可言。他兒子尚—雅克（Jean-Jacques）智力低下，不是個怡人同伴，而弗洛兒的存在則只會提醒魯傑醫生自己有多不中用。總之，魯傑是那種我們不會願意與之一起用餐的人。

這小說裡耽於吃食的不只是老醫生。他死了之後，弗洛兒成了尚—雅克的情婦：這個傻大個兒愛弗洛兒愛得要命，把整個家交給情婦

---

❻譯註：《舊約聖經》記載，大衛王入老後都是抱著童女睡覺，以資取暖。

打理，一切都由她發號施令。弗洛兒盯芳謝特盯得很緊，想把她撤換掉，而芳謝特也識趣地自動請辭。此後，尚－雅克受到了弗洛兒的完全控制，而因為人生空虛，他所有的樂趣都仰賴於情婦餵飼給他的美食：「勃拉齊埃小姐〔即弗洛兒〕把飯菜弄得和主教家裡一樣考究。魯傑被引入了食不厭精的生活方式，愈吃愈多。但儘管吃了大量營養豐富的菜餚，他卻幾乎不長肉，反而一天比一天羸弱。這大概是因為消化食物消耗了他太多力氣，而他的眼睛也總是環繞著深深的黑眼圈。」㉝不過一代人的時間，這個家庭便從美食家之家淪為饕客之家。魯傑醫生有著真正的鑑賞家舌頭，而美食無疑也確實提供過他若干慰藉，但兒子的貪吃卻證明是致命的：一次，尚－雅克吃了一片鵝肝醬之後因為消化不良而猝死。

小魯傑的死再一次印證了巴爾札克的哲學：任何形式的踰度都會讓人折壽。這位大小說家從不忘記父親的理論。值得重提的是，老巴爾札克從不在晚上吃東西，又會不厭其煩指出吃得太好的危險，因為一個人如果吃得太好，「他的頭腦便會麻痹，讓位給位於橫隔膜的另一個頭腦……哪個年過四十的人還敢吃飽了便馬上工作？同樣地，所有傑出的人莫不是有節制的食者。」㉞我幾乎用不著再強調，巴爾札克對他筆下貪吃角色的評斷有多嚴厲。這些執迷於吃食的人從來不會真正活得好或活得充實；他們雖然稱不上是惡人，卻仍然是自己頑念的奴隸。《人間喜劇》裡最著名的耽吃者是邦斯舅舅，但他不是死於吃喝無度，而是死於憂傷。另一方面，他會憂傷，又是因為他對吃食的縈念已到了鋪天蓋地的程度。

邦斯舅舅是個真正的耽吃鬼，而且是相當嘴刁的那種。他沒有廚娘，完全不懂燒菜，也從不用指導一個大廚或廚娘為自己下廚。他總是在別人家裡吃飯。我們第一次看到他的時候，他正「走過義大利大道，頭低著，像是在追蹤某個人的足跡。他的嘴巴流露出一種沾沾自喜的表情，好像一個商人剛做了件好買賣，或是一個單身漢剛從一位女士的閨房走出來。」㉟其實他不是剛從閨房走出來，而是準備到遠親瑪爾維勒（Camusot de Marville）法官家作客，享受好酒好菜。

西爾萬・邦斯（Sylvain Pons）原是個有天分的音樂家和有魅力的作曲家，在「帝政時期」享受過一段輝煌時光。他有一副菩薩心腸，生就一顆「溫柔、愛夢幻和善感的心。」㊱他年輕時寫過幾齣歌劇、指揮演奏會，是個大受歡迎的人物，老是受到邀宴，「收到的請帖之多，甚至要在簿子登記下來，就像律師登記案子一樣。」㊲他固然是個音樂家，但他的真正激情是吃食和蒐集骨董（嚴格來說是撿便宜，即專挑一樣價格被低估的繪畫和小藝術品購買）。後一種激情是不公開的，只有極少的骨董商知道他多年下來蒐集了多少好東西。他的第一種激情人盡皆知，也為他帶來了無窮無盡的苦惱。邦斯對美食的愛不惜口乃是《邦斯舅舅》的驅動力量。

他這種兇猛的貪吃個性由何而來？巴爾札克提供的解釋相當簡單明瞭：從不會有女人對

邦斯微笑，原因是「他的臉扁得像個南瓜，中間突起一個堂吉訶德鼻子，猶似平原上無端多了一座山峰。」㊳試問這樣的尊容又如何獲得女人青睞？

> 許多男人都是注定如此。邦斯是天生的醜八怪，當初他父母老來得子，他誕生時難免帶有過了時令的印記。例如，他的膚色就黯淡如死屍，直如科學家保存在酒精罐子裡的怪異胎兒。這位音樂家……被迫接受與他容貌相配的那種生活，毫無指望得到愛情。所以，他會始終獨身不是出於選擇，而是不得不然。後來，**饕餮**前來勾引他，他便奮不顧身地撲上去，像當年奮不顧身地崇拜藝術品和音樂一樣。但貪吃的罪❼不是連有道的僧侶都難免會犯嗎？在他，珍饈美食與骨董代替

❼譯註：貪吃是天主教的「七大罪」之一。

> 了女人，成為了他可以宣洩激情的對象。音樂無法做到這一點，因為音樂是他的本行——試問世上又有誰會對自己掙飯吃的行當懷有激情？職業有如婚姻：時間久了你便只會看到它的壞處。㊴

當他還受歡迎的時候，貪吃的「罪」帶給他的只有快樂。他到處接受招待，享受到被鎖在書桌邊的巴爾札克只能夢想的各種美食：當令的扁豆、豌豆和草莓；多汁的水果；主人家奉上的最好的葡萄酒、甜點、咖啡和烈酒。他們鼓勵他盡情吃喝，要好好表現「帝政時期」的好客風氣（「帝政時期因為有許多國王和王后雲集巴黎，私人府邸都模仿他們光華顯赫的氣派。」㊵）

小說展開於一八四四年，當時邦斯已年屆六十。六十歲對他來說是個沉重的負擔，因為對一個既醜且窮的人來說，這歲數「不啻是三倍的老」㊶。他的作品不再受青睞，剩下的生計是在寄宿學生教女學生鋼琴課和在二流劇院指揮管絃樂隊。他常常不邀而至地到朋友家裡用餐（當時近親之間習慣如此），但受到接待卻不怎樣熱情。每家人都把他「當成不可不繳的稅」，勉為其難容忍他的存在。㊷他從前是個無人不請的貴賓，如今卻成了厚顏的食客。他完全清楚自己的可悲可恥，但就是無法割捨肥甘厚味，改到廉價小館子吃幾個銅板一頓的清茶淡飯。「一想到獨立人格得讓他作出多大犧牲，他就會瑟瑟發抖。他覺得只要能繼續吃香喝辣，嘗到當令的珍饈美果，大快朵頤各種精心製作的美點，那要他多麼下賤他都甘願。他彷彿覓食的鳥，銜了滿嘴的食物高飛遠走，只要嘁嘁喳喳唱支歌兒就算道謝。吃了那麼多好酒好菜，他唯一需要付出的不過是看看別人的臭臉——想到這個，他有時會有點得意。……為了可以繼續白吃白喝，他努力讓自己變得是那些人家所不可或缺。他自我降格的第一步是給自己攬了一大堆小差事，三番四次幹些應該由傭人和門房來幹的跑腿事宜。」㊸主人家會找他幫忙買些小禮物或傳話。他是那麼低調，以致主人家會忘記他在場，說出一些不應該讓他聽到的話。「他變成了一個無傷大雅、並無惡意的探子，由這一戶人家派到那一戶人家探聽消息。他跑了許多回的腿，幹了許多有失身分的差事，可人家並不感激他。」㊹

他把自己弄得那麼低微，讓他一個表親的女傭看了不忍，甚至想要委身下嫁。但邦斯不願意接受這種施捨的幸福，況且，他也不是一個人獨居。與他同住的是一個朋友，兩個人的關係是那麼密切無間，猶似夫妻：「社會既不容許他結婚，他便跟一個男人結婚。對方也是個老人，就像他一樣是個音樂家。」㊺這個在邦斯老年時期支撐著他的角色名叫施模克（Schmucke）。就像莫札特一樣，施模克也是德意志人，但卻少了一份大無畏的勇氣，以致成不了音樂天才。為人溫文、無私、天真，施模克在安斯巴赫（Anspach）當過唱詩班指揮，後來搬到巴黎，與一隻名叫米爾（Mirr）的貓為伴，靠教人鋼琴維生（《人間喜劇》所有的年輕仕女都上過他的鋼琴課），住了二十年之後才認識邦斯。兩人一見如故，決定搬到一起同住。施模克是個心不在焉的夢幻家，相當樂意午餐時間只吃一點點輕食，晚餐也不講究，門房西卜太太給他煮什麼他便吃什麼。但邦斯繼續每天晚上外出用餐。

當邦斯向他透露自己的委屈，訴說自己如何常常遭主人家冷嘲熱諷時，善良的施模克建議他不妨仿效自己的樣子，只吃些麵包和乳酪便解決一餐，免得到處受氣。邦斯不敢告訴施模克的是：「他的胃跟他的心是死對頭，凡是叫他的心不好受的事，他的胃都滿不在乎。這胃唯一在乎的是吃不吃得到一頓美食，也會為吃到一頓美食而不計代價，就像一個多情男子會不計代價博情婦一笑。」㊻

這是個讓人印象深刻的類比，而巴爾札克繼續把對食物癡迷和對女人癡迷的男人相提並論：「一個受過美食調教的胃必然會反抗主人的道德士氣；對高明料理的妙處了解愈深，一個人的道德士氣也必然會愈低落。肉慾也是如此，它會潛伏在心的各個暗角，發號施令。它會把榮譽心和意志力給打得粉碎，會逼你不計代價讓它得到滿足。口腹之慾的專橫從未被人描寫過：因為吃食是生存所必須，所以連文學都把它放過。」㊼這番話並不讓人驚訝，因為一向以來，巴爾札克都認定飲食的歡愉與愛情的歡愉旗鼓相當：

> 布里雅—薩瓦蘭有心在《味覺生理學》一書中替老饕說話，但他對口腹之樂何其樂的說明，大概還不夠徹底。消化食物需要不少精力，那是一場內部的戰鬥，其所可以帶來的快感，實不下於最高程度的男女歡愉……大病初癒的人因為食物的數量與種類有嚴格限制，往往只要吃到一只雞翅就會快活與奮個大半天。邦斯平素無甚嗜好，一切樂趣都集中在消化器官的活動上，所以就像個慢性的病癒者那樣，每天盼著珍饈給他帶來最

> 高的感官之樂，而他也每天都享受到這種歡愉。試問誰又能夠輕易對老癮頭說再見？許多想自殺的人會在最後關頭改變主意，都是因為捨不得每晚上咖啡館打多米諾骨牌（dominoes）的習慣。㊽

不管怎樣，邦斯有一次還是蒙受了重大恥辱，不得不思改弦更張。讓他受辱的是瑪爾維勒夫人：她因為女兒嫁不出去心煩，把氣出在邦斯身上。因為面子掛不住，邦斯未等開飯便告辭，忍痛捨棄這家人燒得頂呱呱的鯉魚。看到邦斯早早回家，施模克喜出望外，除了安慰他以外，又從「藍鐘面」叫來一頓美餐，內容包括燉小牛肉、一尾魚、一瓶上好的「波爾多」和燻培根米飯丸子（他頗為費解地稱這種丸子為天底下美味之最）。門房西卜太太聞風而來，嗅出這是個撈一票的機會。得知邦斯的情況後，她積極表示願意幫他做晚飯，哪怕她曉得要騙過這個新飯客的舌頭得付出加倍努力。邦斯答應了，自此改吃西卜太太用剩菜拼湊出來的晚飯。他沒有嫌棄這些飯食，但在與施模克單獨相對吃了三個月的晚飯之後，他陷入了極端意志消沉的狀態。

這首先是因為在家裡吃飯所費不貲，每個月會花掉他八十法郎（西卜太太除了每個月要收四十五法郎的餐費外，另外要收三十五法郎的葡萄酒錢），讓他能夠買骨董的錢大大減少。

但很快，不管施模克對他多體貼，也不管施模克搬出多少德意志笑話逗他笑，邦斯仍然變得槁木死灰，心心念念全是在別人家飯桌上的一切：佳餚、美酒、好咖啡、席間的交談、假惺惺的禮貌、同席的客人、東家長西家短的八卦。要一個六十好幾的人改變三十六年的生活習慣又談何容易。一百三十六法郎一大桶的葡萄酒斟在一個老饕的杯子裡，可說是味淡如水，所以，邦斯每次舉起杯子，總會想起別人家窖藏的美酒，萬般依依不捨。

總之，到了三個月的最後，邦斯那顆敏感的心幾乎已痛苦得近乎破裂，正在慢慢死去。他別無所想，只老惦念著飯局的快意事兒，悽苦得猶如一個癡情糟老頭被迫離開三番四次不忠的情婦。㊾

寫這個的時候，巴爾札克（他總把他的角色看成活人）心裡想必也想著于洛男爵：這位男爵儘管被情婦瑪奈弗太太耍得像猴子，但仍死心塌地，直至被她完全搾乾才肯死心。

邦斯設法掩飾自己的消沉，但顯然已經病入膏肓。

要說明這種因破壞舊習慣而引起的單思病，只消在數不清的小事中舉一個例子就行。因為雖是小事一樁，但它卻會像鎖子甲上的其中一根鋼絲一般，把一個人的心裹得緊緊。邦斯從前的最大愉快之一，是女主人喜歡製造「驚喜」，以增加飯局的歡樂氣氛：即不事先告訴客人，在既定的菜單之外額外加入一道極精緻的菜餚。邦斯的胃已經習慣了這種驚喜。但吃西卜太太做的飯卻沒有這種驚喜：這個女人因為有心賣弄，會把每一餐飯菜預先報給他聽，使邦斯的生活完全沒有了週期性的刺激。他的晚餐再沒有我們祖母所謂的「覆蓋著碟子的菜」。邦斯的這種苦惱完全不為施模克所能理解。為了面子，邦斯不敢說出自己的苦處。但若說懷才不遇是人生一大悲苦，那肚子的要求受到漠視就是更大的悲苦……邦斯無法忘情於某些直如烹調詩歌的奶油，無法忘情於某些直如藝術傑作的白醬汁，無法忘情於足以教人心臟融化的填松露烤雞。不過，最最讓他無法忘情的，仍

> 是那唯獨在巴黎才吃得到的知名萊茵鯉魚，它的作料是如何地精緻啊！有時，當邦斯回想起包比諾伯爵府上的廚娘，就會不由得叫一聲：「啊，莎菲！」不知情的人聽到，還會以為老頭是在懷念一個跑掉的情婦❽……他日益形銷骨立，成了美食單思病的受害者。㊿

邦斯的這種悲慘狀態在一天晚上獲得了暫時紓解。他管弦樂團裡的一個橫笛手（一位德意志青年）娶了萊茵旅社的東主葛拉夫（Graff）的女兒為妻，大擺筵席。葛拉夫來自法蘭克福，因為跟巴黎最好的食品供應商夠交情，所以可以鋪排出一頓無比豐盛的婚宴。邦斯和施模克從未吃過那麼好的菜色。「席上淨是些令人神魂顛倒的佳餚！義大利麵的風味細緻，前所未見；胡瓜魚炸得沒話說；來自萊芒湖（Lake Lem-

❽譯註：邦斯是在懷念莎菲烹調的萊茵鯉魚。

an）的魚配以道地的日內瓦醬汁，其味無窮；李子布丁的奶油腴而不膩，足以讓據說是發明這種布丁的那位倫敦名醫為之叫絕。」[51]這種英國甜點已經流行了很多年，做起來非常費工，且需要很長時間烘烤，只有最好的廚娘能駕馭。

酒席到晚上十點方散。「當晚消耗的德意志和法國葡萄酒之多，足以讓當代的時髦公子吃驚。沒有人可以算得出一個德意志人❾喝下了多少酒，因為他們喝起酒來總是不動聲色，渾若無事。想要知道他們的酒量，你必須在德意志吃過晚餐，親眼看過有多少瓶酒端上桌再撤下去，像地中海海岸那樣，潮水一波接一波，連綿不斷。條頓民族的吸收力直如海綿或海沙，而他們又是吸收得多麼文雅，不會像法國人那般喧鬧。儘管喝了許多酒，他們談起話來就像放貸者一樣氣定神閒，臉上的紅暈有如科內呂斯（Cornelius）或施諾爾（Schnorr）壁畫裡的新娘（換言之是淺得幾乎看不見），回憶往事時慢

---

❾譯註：婚宴上的客人以德意志人為主。

條斯理，猶如他們菸斗裡吐出的團團煙霧。」[52]

可惜故事並沒有隨這番牧歌式的描寫和邦斯的暫得慰藉而結束。因為抗拒不了當食客的衝動，邦斯設法重新討好瑪爾維勒夫人，想出的一招是為她快要超過適婚年齡的女兒找個老公。現成就有個人選：他是上述提到那位橫笛手的好朋友，本身也是德意志人，剛繼承了四百萬法郎的家產。這位叫弗里茨（Fritz）的青年也想成家，但在巴黎卻誰也不認識，也懶得花工夫追求女人，只能待別人給他作媒。邦斯抓住這機會，在瑪爾維勒夫人面前對弗里茨讚不絕口。這一招果然奏效，邦斯重新獲得瑪爾維勒家的看重。但事情隨著弗里茨的拒婚急轉直下，以災難收傷（他拒婚的理由讓人傻眼：他嫌瑪爾維勒家的千金是獨生女，認定獨生女總是嬌生慣養，難於駕馭）。瑪爾維勒夫人當然怒不可遏，把滿腔怒火發洩在可憐的邦斯身上。被掃地出門的邦斯最後名符其實是死於憂傷。

這個故事的教訓是，邦斯對口腹之慾的愛戀（這是他一切行為的動機）是一種執迷，會像所有巴爾札克式的執迷一樣，具有致命後果。邦斯已經不再是一個人，而只是一個「胃」。任何歡愉（男女歡愉、知性歡愉或口腹歡愉）若是推至極端都會帶來災難。在《邦斯舅舅》裡，貪吃不是一種偏頗或一種有品味的表現，而純粹是一種疾病。

以這麼憂鬱的結論結束本章未免讓人落寞。難道巴爾札克筆下完全沒有快樂的愛吃鬼嗎？有，但他們全都年輕而手頭不寬，而他們的美酒佳餚也全都是想像出來的。他們出現在巴爾札克較不知名但仍極為有趣的小說《入世之初》裡，全都是在德羅什先生（Monsieur Desroches）的律師事務所工作。德羅什先生還不富有，但具有不懈的進取心，而且律人律己皆極嚴。他剛雇用了一個非常年輕的青年，名叫奧斯卡·于松（Oscar Husson），錄用時警告過他，事務所裡每個人都是「日以繼夜工作」。奧斯卡住在事務所的閣樓房間，由首席書記高德夏（Godeschal）負責監督。高德夏嚴格得不下於老闆，但因為姊姊瑪麗埃特（Mariette）是個漂亮的芭蕾舞者，見識過的世面也較廣。他深知巴黎是個多危險的地方，所以把奧斯卡盯得特別緊。得到德羅什先生的同意，奧斯卡可以到巴黎法學院上課。因為邊工作邊求學，他每日異常忙碌。他早上五點便得起床，僅喝過一杯咖啡後便開始工作，然後會去上課（偶爾到法庭旁聽審案），再回事務所跟老闆和高德夏一起吃晚飯，吃的是大盤的肉、青菜、沙拉和葛瑞爾乳酪（最便宜的一種乳酪）。奧斯卡一個月會跟叔叔吃一頓午飯，他媽媽一個朋友也會不時帶他到王宮廣場吃晚餐。

對一個夢想穿好衣服、與女演員周旋和有精美食物可吃的年輕人來說，這是一種無趣至極的生活。為了調劑乏味的膳食，奧斯卡只能訴諸想像，而他在這一點上並不孤單。事務所裡的其他僱員給他捏造了一個「傳統」，說是新來的僱員都有義務請其他同仁大吃一頓。為了顯得煞有介事，他們還偽造了一本記事簿，在上面杜撰出歷來新僱員的請客菜單（記事簿是從一家舊紙鋪找來，為了讓它顯得夠舊，大家還把它「放在灰塵裡⋯⋯拖過來拖過去，讓它看似發霉⋯⋯又把四個角弄得殘缺不全，像是被老鼠咬過。」㊿）起先，奧斯卡對於自己要大破財恐慌不已，但未幾便意識到這是個玩笑，乾脆也在記事簿裡加上一筆，當成已經請過客，把自己夢想中的菜餚寫在上頭。那麼，他夢想中的菜餚又有哪些？以下是他想像出來的請客菜單（值得一提的是，他把這頓飯想像成由他媽媽掌廚）：

> 今天是一八二二年十一月二十五日星期一。話說，昨日在兵工廠區（Arsenal quarter）的櫻桃園街，本事務所的同仁假新同仁奧斯卡．于松的母親克拉帕爾太太（Madame Clapart）的家舉行了迎新會。事後，各人一致同意（見以下的簽名），迎新會菜餚之豐盛遠超預期。開胃菜包括了粉紅和黑色兩色的小蘿蔔、醃小黃瓜、鯷魚和牛油橄欖。繼之上桌的米湯見證了慈母的殷

勤好客，因為我們在湯裡嘗到了非常可口的家禽滋味。據新同仁于松指出，湯鍋裡因為加入了克拉帕爾太太精心準備的雞頭、雞爪、翅膀、雞雜，比例恰如其分，煮出來的湯才會那麼鮮美，富於別處難尋的家庭風味。

項目：上述的燉家禽雜碎鍋，四周圍繞著大量肉凍。

項目：番茄佐牛舌，好吃得讓人舌頭打結。

項目：美味無比的清燉鴿子，會讓人以為是在天使的指導下烹製。

項目：鼓形通心麵餡餅，四周圍繞著巧克力奶蛋凍。

項目：甜點由十一碟精緻果點構成，而儘管十六瓶上等美酒已經使我們醉得一愣一愣，但我們還是吃得出來，其中一碟糖漬桃子甜美無匹，讓人回味無窮。

魯西雍和隆河河畔出產的葡萄酒把「香檳」和「勃艮地」的味道完全蓋過。雖然喝過了醒酒的咖啡，但一瓶馬拉什櫻桃酒（maraschino）和一瓶櫻桃白蘭地（kirsch）還是讓我們陷入迷醉恍惚，以致一小時後，當我們還在布隆森林裡，卻以為已經回到住宿處；十四歲的小書記雅基諾（Jacquinaut）甚至把一些五十七歲的富有老女人當成煙花女子，上前搭訕。㊹

這就是巴爾札克的美食理想，而它的一大特色是出自「一個媽媽的精心準備」。寫這小說時，他已年過四十，但顯然還沒有完全從兒時受到母親冷落的回憶裡走出來。這一次，他難得提到這桌菜多麼費心準備（甚至指出那是在天使的監督下烹製），也難得沒有加入過度鋪張的元素（那十一碟最精緻的小吃是唯一例外）。不過，他還是提到了通心麵、水果（糖漬桃子）和大量的各種美酒——凡是沒有這些成分的酒席對巴爾札克而言都稱不上是酒席。各種他厭惡的情景一概沒有出現：沒有鋪排漂亮但最後搞得亂七八糟的餐桌，沒有胡言亂語的談話，沒有醉酒，沒有過飽的飯食。剩下的只是慈母之手。奧斯卡受到的愚弄也只是個無傷大雅的玩笑，它凸顯的是書記間的同志情誼和年輕人愛搞笑的個性。

想像的口腹歡愉雖美好，但總不如吃到嘴巴裡的美食實際，而這批年輕人後來也真的有機會在「康卡樂巖礁」享受了一頓真正的盛宴。請客者是新進職員馬雷斯特（George Marest），他比其他人富有，所以還真的依照「慣例」，把大家請去大吃一頓。那是一頓真正的饕餮宴，前後共吃了六小時。我們的主角奧斯卡當然是盡情大吃，這不打緊，糟的是他不知節制，喝了太多的酒。醒來時，他發現自己身在漂亮交際花弗洛朗蒂娜（Florentien，她是馬雷斯特的朋友）的房子裡，又在別人的唆使下參加了正在進行的賭局，把老闆委託他保管的一筆錢輸光。最後他累得倒頭睡在沙發上，直到第二天醒來才懂得害怕，知道自己將要工作不保。

想像一頓美食就像想像一個美女一樣，可以幫助我們暫時安於匱乏狀態。巴爾札克對這種方法並不陌生，因為每逢需要一連幾星期禁慾伏案，他都會利用這種想像尋求慰藉。不過，就像他寫出的菜色未必是親自嘗過，他描寫的性與愛也未必是親身經歷。《人間喜劇》裡出現過的性與愛林林總總，蔚為大觀，各種性向的角色一應俱全：有男同志，有女同性戀者，有需要靠春藥振雄風的老頭兒，有猴急的少男，有純情少女，有各種墮落女人，有在新婚之夜受傷的新娘，也有遲遲不肯與丈夫上床的已婚女子，甚至有一個角色的性趣是與家裡飼養的黑豹交媾（所以，他的小說裡竟然沒有戀屍癖的角色，不能不讓人微微驚訝）。巴爾札克描寫過兇暴的愛也描寫過柏拉圖式的愛，描寫過夫妻之愛也描寫過禁忌之愛，全都淋漓盡致，想像力不可謂不豐富。但在實際生活中，巴爾札克自己的性與愛卻頗為單調，缺乏戲劇色彩。他的其中兩個情婦年紀與他母親同齡；他和自己長相平平的女管家睡覺；他從遠處愛慕著韓斯卡夫人。所以，我們大可以說，他擅長的只是想像的愛情，而想像的愛情會在他的小說裡佔據重要地位，是因為它們總是與食物有關。

6

◆

嫩桃子、蛋奶酥與高聳甜點

A Young Peach, A Soufflé, and A Towering Dessert

口慾和肉慾在文學作品中常會雙雙出現，最常見的情形是前者自自然然導引出後者，偶爾則是用人工方式（特別是透過大量吞吃生蠔）讓前者勾起後者。但巴爾札克不太相信食與色具有自然的連鎖關係。所以，當肥胖的紐沁根男爵想要抖擻他岌岌可危的男性雄風，他不會大啖生蠔，而是會吃下兩三顆神祕藥丸（只可惜效力不長）。同樣地，在《行會頭子費拉居斯》裡，當于勒夫人（Madame Jules）想要挑逗老公，她會給自己洗個香水澡，穿上薄薄的浴衣，把盤起的秀髮解開，任其垂落在曲線優美的肩膀上、從沒有想過要給丈夫送上一杯酒或某些特別的蜜餞。這是因為，巴爾札克不認為食物（哪怕是最精美的食物）可以引發情慾。反觀福樓拜、莫泊桑和左拉的觀點卻迥然不同：在他們的作品裡，從餐桌到床笫的轉換屢見不鮮。

莫泊桑的《漂亮朋友》（*Bel-Ami*）裡有一個顯著例子。馬雷爾夫人（Clothilde de Marelle）一直想勾引英俊而野心勃勃的杜洛瓦（George Duroy），而他們與福雷斯蒂埃（Forestier）夫妻共進的那頓晚餐提供了大好機會。光是看看當晚的菜色便讓人骨頭酥軟：「生蠔嬌美肥嫩，像是藏在貝殼裡的小耳朵，入口後一碰到上顎和舌頭，就會像鹽漬糖果一樣，馬上融化。用過湯之後，上來一道鱒魚，魚肉粉紅得像少女肌膚。一道羊小排送上來了，又嫩又酥，下面墊著一層厚厚的蘆筍尖。」①他們當然也喝了香檳：「隨著清醇的酒液一滴一滴進入喉嚨，他們的血變熱了，腦子裡也騷動起來，愛情的念頭逐漸佔據了整個身心，人也興奮得有點飄飄然。」②還用我來說用餐後發生了什麼事嗎？有一點是肯定的：當杜洛瓦和馬雷爾夫人踏出了那不可收回的一步之後，他們以後的話題將不會再是蔬菜或水果。不過，在他們常常起風波的關係中，馬雷爾夫人總是設法挑起杜洛瓦的好奇心，帶他到些大學生口中的不正經場所，製造些刺激氣氛。有一晚，在一家瀰漫著炸魚味和客人大聲談笑的骯髒小店裡，馬雷爾夫人點了杯櫻桃白蘭地，邊喝邊打量四周的一切。莫泊桑這樣描寫：「每吞下一顆櫻桃，總使她嘗到一種犯罪感；每一口辛辣灼熱的燒酒嚥下喉嚨，都帶給她一種刺激性的快感，體驗到一種邪惡的、犯禁忌的樂趣。」③這段文字表現出口慾和肉慾的密切應和。在福樓拜的《包法利夫人》裡，憑著艾瑪用舌頭去舔酒杯壁上殘餘的庫拉索酒（curaçao），我們猜測得到她內心潛藏著巨大的情慾。相同的對應關係也可以在左拉的作品裡找到。

試問，在小說《獵物》裡，愛找尋新刺激的勒妮（Renée）若不是答應和繼子馬克西姆（Maxime）到私人包廂吃宵夜，她會無法自拔嗎？馬克西姆都是帶情婦到這包廂吃飯，而他為勒妮點的也是他專點給情婦吃的菜餚，內容包括生蠔和鷓鴣。因為被侍者領班的目光看得不自在，勒妮要求繼子把他遣開。她當然不願意被第三者看到她的樣子：「勒妮已經三十歲，但這趟消遣讓她經歷過的歲月消失不見。她動作輕快，像是有一點點發燒。在這個地處喧鬧街區的包廂裡與一個年輕男子獨處一室讓她興奮，讓她看起來像個年輕姑娘……鋪著錦緞桌布的桌子上方浮動著看得見的淫蕩氣氛，而每當勒妮把手上的叉換成刀，或是把酒杯舉至嘴巴時，一雙瘦手都會快樂地顫抖。她一向只喝摻了些許紅酒的開水，但今晚喝的卻是不加水的白葡萄酒。」④後來侍者領班回來清理桌子，從容不迫的樣子惹惱了勒妮，被再次遣走。接著，馬克西姆把包廂門鎖上，以確保不會有人來騷擾，而勒妮則放任自己躺在沙發上。這對亂倫男女吃的酒菜和《漂亮朋友》裡那頓飯內容相似，不同的是後者給人清新、歡快、誘人的感覺，前者卻顯得平庸和索然乏味。這是個不祥之兆。在《漂亮朋友》裡，儘管杜洛瓦自負而自私，但他與馬雷爾夫人的關係仍然能維持下去，理由很簡單：兩人對都喜歡和對方上床。反觀勒妮的不倫戀則以災難結束。另一對被食物「催情」的男女是《巴黎的臟腑》裡的肉販克尼（Quenu）和漂亮的莉薩（Lisa）。當兩人一起當學徒時，「他們的手有時會在剁碎的肉中交會。她有時會用圓圓胖胖的手拿著香腸腸衣，讓他把肉和燻培根灌進去。不然，他們就會一起給生的香腸肉試味……熊熊爐火讓他們的皮膚泛起紅暈。世界上沒有事情可以讓他停止攪動火上那鍋愈煮愈稠的肥絞肉，而她則會在旁邊嚴肅地跟他爭論，肉到底煮熟了沒有。」⑤照理說，這兩個「肥子」是天造地設的一對，可以成為快樂夫妻，但事情卻在一個「瘦子」闖入他們的生活後起了變化。

巴爾札克採取的是不同順序。在他的小說裡，能勾起一個男人情慾的不是水果，而是女色本身。更精確的說法是：女色會勾起一個男人對水果的口慾。這種滲透作用的一個突出例子見於《幽谷百合》。話說，非常年輕的費利克斯・旺德奈斯（Félix de Vandenesse）奉父母之命，代表家裡到圖爾出席一個慶祝路易十八復位的舞會。舞會上人擠人，吵到不行，費利克斯又煩又累，便到屋角找了一張長椅子坐下休息。有個女人以為他在打盹，便背對他坐下。女人身上散發的香水味引起費利克斯注意，他轉過頭，隨即被女子的漂亮雙肩完全吸引住：「這對肩膀雪白豐腴，讓我恨不得把臉埋在上面；它們白裡微微透紅，彷彿因為初次袒露而羞赧，就像是有靈魂、有思想似的；在燈光下，她的皮膚有如錦緞一般流光溢彩。兩個肩膀之間分隔著一條犁溝，我的目光比手大膽，順著犁溝看下去，心裡突突直跳。然後我挺直身子瞧她的胸脯，只見一對豐滿滾圓的球體貞潔地罩著天藍色羅紗，愜意地臥在花邊的波浪裡，直看得我心蕩神迷。」看到這種美，我們的男主角做了些什麼呢？他把臉貼到女子背上，連連吻對方肩膀。可想而知，女子被這瘋狂舉動嚇得尖叫，但費利克斯卻一動不動，繼續坐在那裡「回味他剛剛偷吃到的蘋果。」⑥這蘋果的滋味將會大大改變兩人的人生。費利克斯只是個對男女之事毫無經驗的年輕人，不過，換成是呂卜克斯（Lupeaulx）那樣的老無賴，照樣會被漂亮的女人勾起口慾。

《公務員》裡的呂卜克斯伯爵是財政部的書記長，也是個死性不改的登徒子。他看上一個上司的漂亮妻子拉布丹夫人（Madame Rabourdin），展開熱烈追求。一天早上，他到她的家裡施行突襲。聽到他的腳步聲，拉布丹夫人馬上逃到自己臥室。呂卜克斯膽大包天，從後追趕：「她衣衫不整的倩影讓他胃口大開。在他眼中，那從內衣縫隙露出的肌膚有著難以形容的魅惑力，比起舞會裡由絲絨緊身胸衣，或是衣縫勾勒出來的線條柔美的脊背，以及那在舞會之前尚未印上情人親吻的若隱若現、渾圓美麗的天鵝般的頭頸，還要迷人千倍。當你的目光在一位挺著漂亮胸脯的盛妝女人身上徘徊時，不覺得好像盛宴在開始上甜點了嗎？但是眼光如果落到被隔夜睡眠揉皺了的半掩的衣襟之間，那感覺真是垂涎三尺！就像吃一個從牆頭葉子中間偷摘下來的果子。」⑦不過，慾火焚身的呂卜克斯將不會得償所願，因為拉布丹夫人貞潔得像是「高聳得無人敢碰的甜點。」⑧蘋果讓費利克斯迷醉，而呂卜克斯當然也懂得欣賞水果，但既然是歡場老手，那麼，想要讓他興奮得發抖，便需要一件滋味複雜得讓人動容的烹調傑作。

有時，巴爾札克甚至不會利用一個角色作

為媒介，直接把一顆美味水果與一個漂亮女人相提並論，就像兩者是同一回事，而他對一個多汁水果的悸動也不下於對半裸酥胸。他心目中的天堂是「人間歡樂園」（Garden of Earthly Delights）❶——這園裡其中兩件最誘人物事便是水果和女人。不過，它們要能誘人，首先要「包裝」得夠好。

瑪奈弗太太與于洛男爵夫人之間的對比足以證明，一個女人光靠天生麗質並不足以挑動男人的情慾。巴爾札克形容，瑪奈弗太太「猶如妖嬈地擺放在漂亮碟子裡的甘美水果，叫個個男人都躍躍欲吃。」⑨你甚至可以把她比作名廚卡漢姆的一道私房拿手菜色，複雜而細緻，只有靠「他祕傳的作料、辛香料和廚藝」才炮製得出來。反觀阿黛莉娜（Adeline，即于洛男爵夫人）卻太單純和太端莊，不懂得利用華麗刺繡來為自己白皙的胸脯「裝盤」。為了贏回老

---

❶譯註：「人間歡樂園」是十五世紀荷蘭畫家博斯（Hieronymus Bosch）的畫作，刻劃塵世上各種最誘人的事物（包括女人、甘美水果和靡靡之音），暗示沉溺於它們的人死後必下地獄。

公的心，她當然願意學，但因為創意不足和太規矩而注定取勝無望。她平淡無奇得像是沒加百里香的鰻魚餡餅或水煮肉，而她的情敵卻是「蔥薑醬醋，五味俱全」。⑩

所以，巴爾札克固然深信性慾和飢餓的力量不相上下，但又認為兩者有一重要分野：「一塊麵包和一罐水便足以解決任何男人的飢餓，但愛情的心思要更任性、更複雜而惱人，講究的程度要遠大於舌頭的心思。」⑪再一次，他重視的不是事情本身的滋味，而著迷於食慾與色慾之間的關係。在《婚姻生理學》和《幽谷百合》裡，他分別以令人發噱和戲劇性的方性，揭櫫一個道理：拒絕歡愛就像拒絕口腹之慾一樣，是一種全面拒絕生命的表現。

在巴爾札克寫給韓斯卡夫人的信中（這些信常常寫得匆促甚至草率），我們一再看得到以下一類插話：「妳叫我飢，妳叫我渴，我可以把妳吃掉。」在他的小說裡，愛戀中人總是會對他們愛戀的對象如飢似渴，而年輕姑娘（巴爾札克形容她們的膚色「細緻得像嫩桃子」）⑫

在初吻時給人的滋味總是甜如蜜。不過，當他談到丈夫應該要如何利用「飲食科學」來防堵那些對他們老婆虎視眈眈的單身漢時，意見卻要出人意表得多（他形容這些單身漢是「福音書裡的獅子❷，遍地遊行，尋找可吞吃的人。」⑬）

「飲食科學」如何可以改善一個丈夫的命運？雖然幾乎一輩子都是單身漢，但在《婚姻生理學》裡，他卻對這個問題投以極大的關注。年齡較長是丈夫的一個優勢，因為年輕人都性急難耐，不懂得何謂情調：「熱戀中的年輕人如同餓漢，光憑廚房傳出的氣味止息不了他們的飢餓。他們一心只想著吃，不太重視烹調的技巧。」⑭換言之，年輕人都是自私的情人，難為女方帶來滿足。不過，當丈夫的人也有弱項：他每天與妻子同床而眠，新鮮感早已盡失。也因此，他有必要卯足全力，製造新鮮感。一項

❷譯註：《新約聖經．彼得前書》提醒信上帝的人「務要謹守，警醒。因為你們的仇敵魔鬼，如同吼叫的獅子，遍地遊行，尋找可吞吃的人。」

基本原則是「每晚都要安排不同菜色」，而且絕不可以把甜點放在最前面吃❸，因為「歡愉必須循序漸進方能達到最大效果，這次序是：從兩行詩進至四行詩，從四行詩進至十四行詩，從十四行詩進至歌謠體，從歌謠體進至頌歌體，從頌歌體進至清唱劇，從清唱劇進至酒神讚歌。凡是一開始便搬出酒神讚歌的丈夫都是傻瓜。」⑮不過，一個丈夫若是利用這種知識老是讓太太處於興奮狀態，則是不智的。明智的丈夫會懂得怎樣在激情過後引導太太走向「夫妻情感的溫帶地區。」⑯換言之，他除了必須懂得如何把壁爐裡的火點燃點旺，還必須懂得怎樣把它弄熄，而這正是「飲食科學」可以派上用場之處。我們的小說家建議，首先該做的是控制太太的飲食內容和分量，絕不跟那個主張少吃才能維持好身材的理論爭辯。應該吃的是這些：「新鮮和不帶怪味的蔬菜（如黃瓜、甜瓜、萵苣和馬齒莧）、淺色水果、咖啡、芳香的巧克力、

---

❸ 譯註：這裡提到的「菜色」、「甜點」都是比喻，不是實指。

橙、亞特蘭大金蘋果、阿拉伯椰棗和布魯塞爾餅乾。」⑰吃這些東西可以抽乾一個人身上危險的過剩精力。更重要的是「避免吃牛肉和羊肉，因為這些粗糙的肉類所產生的乳糜（chyle）會對嬌嫩的胃和精緻的味覺起破壞作用。」⑱（這裡我必須對那些沒有「飲食科學」學位的讀者解釋一下：所謂的「乳糜」是小腸在消化食物時產生的乳狀流體。）羊肉會讓人太過精力旺盛，必須用雞肉排代替；開水更是萬萬喝不得，否則萬事皆休。為什麼呢？顯然是因為水可以引起流動，激起情慾，會讓女人不知不覺「把裙子撩起到膝蓋之上。」⑲妻子應該喝的飲料是摻了一點點紅葡萄酒的開水。任何葡萄酒都喝不得，唯一例外是香檳，因為只有這種葡萄酒女人喝了不會失態。

這番道理聽起來像開玩笑，但卻不是開玩笑，因為在他寫給愛人的書信中，我們一樣可以看到一些怪異程度不遑多讓的養生和駐顏小祕訣。例如，他建議韓斯卡夫人只宜吃深色的烤肉（這牴觸他上述奉勸女士應吃雞肉排的主張）。他的另一個建議較合情合理：吃果醬和糖醃杏仁應適量，這兩種東西都是刺激品。他不准她喝加了奶油的咖啡，甚至不准她喝茶，但沒有解釋原因。他大談牛奶、橄欖油和檸檬對頭髮和皮膚的好處。他建議每天早上用檸檬汁撲臉（撲後不可抹掉），每晚再用牛奶洗臉。

「每晚就寢前，用少量濃得像乳脂的牛奶清洗額頭和太陽穴，然後用一根手指像抹冷霜那樣在臉上抹上薄薄一層。據說這方法可以除去既有的皺紋，暫停歲月的損害。親愛的夏娃，我的這個發現是得自一位修女；另外，在髮根塗抹橄欖油可以讓頭髮停止變白……這是我從一個熱那亞的修女學來的。用牛奶敷臉不會讓人年紀更大時不起皺紋，但可確保十年內臉蛋嫩滑。可別看不起十年時光，雖然妳始終可愛如昔。」⑳他這樣以恭維作結。這一切都顯示出，在巴爾札克的觀點裡，食物、美貌、奢侈和愛是彼此關連的。

為了無可反駁地證明這種關連性，他讓筆下一個女性角色因為拒絕肉體之愛而活活餓死。

這位悲劇人物是莫爾索夫人（Madame Mortsauf），名叫亨麗埃特（Henriette），是《幽谷百合》的女主角，也就是本章開始提過，費利克斯在舞會上碰見的那個美肩女子。巴爾札克會給她取名亨麗埃特並非偶然。「亨麗埃特」也是卡斯特里公爵夫人（Duchesse de Castries）的名字：這位夫人樂於被巴爾札克拚命追求，卻「從不兌現答應過他的承諾。」㉑

《幽谷百合》是巴爾札克情感最複雜的一部小說。故事裡的亨麗埃特是莊園女主人，有個難相處和病懨懨的丈夫（大概是得了梅毒），但她本人絕不是個騷貨或淫蕩女。她貞潔而虔誠，哪怕這兩種品質並不必然會帶來快樂（不管是別人還是她自己的快樂）。年輕的費利克斯自那個舞會之夜便熱烈愛上她，後來機緣巧遇，兩人又在她位於都蘭地區的府邸葫蘆鐘堡（Clochegourde）重遇。她從未再提起他那晚的荒唐行徑，又拒絕承認這個回憶讓她困擾。費利克斯逐漸融入這家人之中：易怒的莫爾索先生被他馴服，幾個小孩喜歡他，而他也讓亨麗埃特的生活變得愉快些。但她禁止費利克斯對她說任何情話或表現任何愛意，逼他扮演儼如是家裡長子的角色。所以，他只能送給她一些寄託情意的花束，用花語來表達心思：「在瓷花瓶的喇叭瓶口，只襯上一圈都蘭別具一格的景天（Sedum），那白色的葉叢情態嬌媚，好似一個溫順的女奴……愛情橫溢的激流中心，挺立著一株華美的雙頭罌粟花，果實即將綻開，火紅的花瓣在繁星般的茉莉花之上舒展，花粉紛落如雨。」㉒她完全明白他的暗示，但仍欣然接受他的花束。

費利克斯服從她保持貞潔的意願，但兩人的關係因此變得極端緊蹦，也因為情感無法宣洩而痛苦。只有一次，亨麗埃特克制不住柔情，用親暱的「你」（tu）而不是「您」（vous）來稱呼他，聽在他耳裡猶如是一種言語愛撫。事情發生在葡萄採收時節：每逢採收葡萄，像莫爾索府這樣的大戶人家都會招待採收工大吃一頓。這一天，葫蘆鐘堡裡聚集了大量的人和食物。女工一面採收一面大聲談笑，男工一面採收一面唱歌，人人都對即將來臨的盛宴興奮不已。費利克斯和莫爾索家幾個小孩也幫忙採收，在籃子裡放滿大串大串的漂亮葡萄，然後跑回去向莫爾索夫人炫耀。就是這時候，亨麗埃特像對待自己小孩一般，「伸手摸了摸我的頸背和頭髮，又在我臉上拍了一下，說道：『看看，你（tu）全身都濕透了！』」㉓但費利克斯知道她不可能會有更進一步的表態，也不可能會被瀰漫在年輕男女採收工之間的情意感染。於是，他又跑回去採葡萄，寄情於「有說不出意趣的體力勞動。」㉔他自言，做這工作「讓我領悟了體力勞動包含著多少智慧，也明白了修道院的清規戒律可以帶給人多少裨益。」㉕明白歸明白，他最終沒有接受這一套。

他離開了葫蘆鐘堡，把他的「天使」留在後頭，到巴黎另謀發展。在那裡，他認識了一頭真正的母獅子：杜德萊夫人（Lady Dudley）。這個英國女人一點都不靦覥：「就像英國的老饕堅持要用辛辣的調料刺激舌頭，她也渴望用胡椒和辣椒來餵飼自己的心靈……她如同一頭母獅，會把獵物叼回洞穴去吃食。」㉖她撲向了費利克斯。他任由自己為她所愛，在她身上發現了一些新鮮樂趣，但並沒有對神聖的亨麗埃特斷念（至少他的純真心靈是這樣相信）。既然《人間喜劇》裡的每個人都是無所不知，亨麗埃特當然也知道了費利克斯另結新歡（是她母親假裝不小心向她透露），並因此陷入極沮喪的狀態。費利克斯前去探望她，相當驚訝地發現這個「水果女人」（woman-fruit）變得「宛如有蟲蛀心而未熟先黃的果子，表皮開始呈現點點瘀傷。」㉗她的眼睛乾澀，閃亮得讓人心驚。同樣讓人心驚的還有出現在她額頭上的草莓色斑點。剛見到費利克斯時，她態度冷淡，但無法把她的失落感或她對杜德萊夫人的好奇心隱藏太久。得知這個女人不惜拋家棄子，無視世俗禮法傲然投入費利克斯的懷抱之後，亨麗埃特「只覺得自己的世界顛倒了，思想也混亂了。她受這非同凡響的行為所震撼，不免懷疑，一個女人為了幸福而作出這種犧牲是有正當性的。她聽見自己的肉體在憤怒抗議，想要

擺脫她的箝制。她凝視著自己糟蹋了的人生，一時呆若木雞。」㉘

為了安撫吃醋的韓斯卡夫人，巴爾札克這樣解釋自己何以會跟別的女人上床：太長時間的禁慾會讓男人變笨。對這個道理，費利克斯有更莊嚴的表達方式：「心靈若得不到必需的營養，便會自我消耗，漸漸衰竭，雖不致立刻死亡，卻也離死不遠。天性（Nature）是不容長久受矇騙的。」㉙說這番話的時候，他還不知道自己有多對，因為「天性」行將以一種致命的兇暴方式，向亨麗埃特重申自己的權利。

費利克斯回到巴黎為國王效勞。幾個月之後，他突然聽說莫爾索夫人病危。他請了假，趕赴葫蘆鐘堡，路上遇到了為亨麗埃特診治的醫生。醫生告訴他：「她骨瘦如柴，面容蒼老，將要活活餓死！四十天來，她的胃彷彿閉合了，不管做什麼給她吃，都吐出來。」㉚醫生清楚知道，亨麗埃特的病是源於憂傷，卻想不透她為何憂傷。她的症狀充分印證她丈夫的一個理論：「我們的所有感情都會匯聚於胃。」㉛聽到這理論的時候，費利克斯還是處於比較快樂無憂的日子，所以反應只是微微一笑，認為莫爾索先生的意思是「感情強烈的人都會死於胃病。」㉜

事實上，亨麗埃特會痛不欲生，主要不是因為費利克斯有了別的女人，而是終於明白自己一直受到他吸引，但又無法擺脫貞潔的枷鎖。臨死前，她恍然明白，因為自己頑固地抗拒愛情，生命最基本的必需元素已經從她的指縫溜走。在最後一次看到她那個總是深愛著的年輕人時，巴爾札克讓她說出這番話：「對，我是不會死的……既然我從未活過，又如何會死去？」㉝聽見窗外採收葡萄的熱鬧聲音，她哭喊著說：「費利克斯，採收葡萄的女工將要吃晚飯了，而我身為莊園女主人卻在挨餓——愛情上也是如此。她們多幸福啊，多幸福啊！」㉞

巴爾札克把吃帶入文學，筆觸涉及吃的各方各面。他會告訴你一杯咖啡的價錢、一個鰻魚餡餅有多麼平淡乏味、一條肥美鯉魚所能提供的慰藉，以及從如何一頓飯食看出一戶人家的運作。這都是發前人所未發。他之後，福樓拜、莫泊桑和左拉（然後是普魯斯特）繼續把吃和美食整合到作品中，方式各有不同。福樓拜（他是諾曼第人，曾經在寫給情婦露薏絲・科萊〔Louise Colet〕的信中熱情表示：「我愛妳從未有如現在之深，我的心裡洋溢著一海洋的奶油。」㉟）大量描寫吃食，用它（透過艾瑪的婚宴）來表現鄉村的好客精神，用它來表現包法利家裡讓人窒息的無聊乏味，又在《情感教育》裡用吃食來表現嫻靜的阿努爾太太（Madame Arnoux）和毛躁的羅莎妮（Rosanete）❹之間的強烈對比。莫泊桑是寫情侶餐和鄉村飲宴的大師。左拉在《巴黎的臟腑》裡（一本完全題獻給飲食的小說）醉心於描寫食材的豐盛和美。就像巴爾札克一樣，普魯斯特也會刻劃一些女家長是如何精心準備膳食，以把她們的肖像摹畫得更加飽滿——蓋爾芒特公爵夫人（Duchesse de Guermantes）、維爾迪蘭夫人（Madame Verdurin）、奧黛特・斯萬（Odette Swann）和小說敘事者的母

❹ 譯註：羅莎妮，阿努爾的情婦。

親都是箇中例子。也像巴爾札克一樣，他有時會放任自己縱情想像，一個例子是他描寫巴爾貝克（Balbec）的餐廳有多麼華而不實的滑稽段落。不過，在賦予某些食物詩性向度（poetic dimension）這一點上，他卻比誰都拿手。當然，只有普魯斯特有本領從一條魚的動靜脈看出一座多色彩的大教堂，但為他推開大門的卻是巴爾札克。

引文出處

序

① Honoré de Balzac, *Modeste Mignon*, in *Modeste Mignon and Other Stories*, trans. Clara Bell（Philadelphia: Gebbié Publishing, 1898）, 27.
② Ibid., 172.
③ Guy de Maupassant, *Boule de Suif*（Ball of Lard）, Collection Folio Classique（Paris: Gallimard, 1973）, 36. Excerpt translated by Adriana Hunter.（Adriana Hunter 為《巴爾札克的歐姆蛋》的英譯者）
④ Émile Zola, *Le Ventre de Paris*（The Belly of Paris）, Bibliothèque de la Pléiade, I（Paris: Gallimard, 1960）, 739. Excerpt translated by Adriana Hunter.

第 *1* 部　用餐時間的巴爾札克

① Léon Gozlan, *Balzac en pantoufles*（Paris: Maisonneuve et Larose, 2001）, 26. Excerpt translated by Adriana Hunter.
② André Maurois, *Prométhée ou La vie de Balzac*（Paris: Hachette, 1965）, 14. Excerpt translated by Adriana Hunter.

③ Honoré de Balzac, *The Lily of the Valley*, in "*The Lily of the Valley,*" "*The Firm of Nucingen,*" "*The Country Doctor,*" *and Other Stories*, trans. James Waring（Boston: Dana Estes, 1901）, 5-6.

④ Honoré de Balzac, *The Lily of the Valley*, in "*The Lily of the Valley,*" "*The Firm of Nucingen,*" "*The Country Doctor,*" *and Other Stories*, trans. James Waring（Boston: Dana Estes, 1901）, 5-6.

⑤ Balzac, *Louis Lambert*, in " *Seraphita" and Other Stories*, vol. 4 of *The Novels and Dramas of Honoré de Balzac*, trans. Clara Bell（New York: Croscup and Holby, 1905）, 146.

⑥ Laure Surville, *Balzac, sa vie et ses œuvres*（Paris: L'Harmatan, 2005）, 21. Excerpt translated by Adriana Hunter.

⑦ Maurois, *Prométhée*, 40. Excerpt translated by Adriana Hunter.

⑧ Balzac, *Colonel Chabert*, in *The Works of Honoré de Balzac*, Athenaeum Edition, vol. 2, trans. Katherine Prescott Wormeley（New York: Athenaeum Club, 1896）, 7.

⑨ Balzac, *Father Goriot*, in *The Novels and Dramas of Honoré de Balzac: "Father Goriot" and Other Stories*, vol. 26, trans. Ellen Marriage and James Waring（New York: Croscup and Holby, 1905）, 6.

⑩ Balzac, *Facino Cane*, in "*The Member for Arcis,*" "*The Seamy Side of History,*" *and Other Stories*, trans. Clara Bell（Boston: Dana Estes, 1901）, 325.

⑪ Balzac, *Cousin Betty*, trans. James Waring（London: J. M. Dent, 1897）, 229.

⑫ Ibid., 231.

⑬ Balzac, *Lettres à Madame Hanska*, ed. Robert Laffont（Paris: Bou -quins, 1990）, 1: 337. Excerpt translated by Adriana Hunter.

⑭ Ibid., 2: 400.

⑮ Balzac, *Physiologie gastronomique*（Paris: Ollendorf, 1902）, 156. Excerpt translated by Adriana Hunter.

⑯ Gozlan, *Balzac en pantoufles*, 52. Excerpt translated by Adriana Hunter.

⑰ Ibid., 28.

⑱ Balzac, *The Peasantry*, in *The Country Parson and The Peasantry*, trans. Ellen Marriage（Boston: Dana Estes, 1901）, 282.

⑲ Balzac, *Traité des excitants modernes*（Paris: Ollendorf, 1902）, 82. Excerpt translated by Adriana Hunter.

⑳ Balzac, *Lettres à Mme Hanska*, 1: 200. Excerpt translated by Adri-ana Hunter.

㉑ Ibid., 1: 313. Excerpt translated by Adriana Hunter.

㉒ Edmond Werdet, *Portrait intime de Balzac*（Paris, 1879）, 253. Excerpt translated by Adriana Hunter.

㉓ Balzac, *Lettres à Mme Hanska*, 1: 459. Excerpt translated by Adriana Hunter.

㉔ Gozlan, *Balzac en pantoufles*, 27. Excerpt translated by Adriana Hunter.

㉕ Balzac, *Lettres à Mme Hanska*, 1: 869.

第 2 部　用餐時間的巴黎

① Honoré de Balzac, *Honorine*, in *"The Atheist's Mass" and Other Stories*, trans. Clara Bell（London: J. M. Dent, 1896）, 21.

② Balzac, *Honorine*, 22.

③ C. Gardeton, quoted by Jean-Paul Aron in *La sensibilité alimentaire*（Paris: Librairie Armand Colin, 1967）, 19. Excerpt translated by Adriana Hunter.

④ Balzac, *Lost Illusions*, in *A Distinguished Provincial at Paris: "Lost Illusions" and Other Stories*,trans. Ellen Marriage（Philadelphia: Gebbie Publishing, 1899）, 19-20.

⑤ Emmanuel de Waresquiel, *Cent jours: La tentation de l'im-*

possible, mars-juillet 1815 (Paris: Fayard, 2008), 356.

⑥ *Revue d'Histoire Littéraire de la France*, October-December 1953: 479. Excerpt translated by Adriana Hunter.

⑦ Jean-Paul Aron, *Le mangeur du XIXème siècle* (Paris: Laffont, 1973), 50. Excerpt translated by Adriana Hunter.

⑧ Balzac, *The Girl with the Golden Eyes*, in "*The Thirteen,*" "*Father Goriot,*" *and Other Stories*, trans. Ellen Marriage (Boston: Dana Estes, 1901), 323.

⑨ Balzac, *A Start in Life*, in "*La Comédie Humaine*" *of Honoré de Balzac:* "*A Start in Life*" *and Other Stories*, trans. Katharine Prescott Wormeley (Boston: Little, Brown, 1896), 312.

⑩ Balzac, *Lost Illusions*, 12.

⑪ Balzac, *Cousin Betty*, trans. James Waring (London: J. M. Dent, 1897), 429.

⑫ Balzac, *The Collection of Antiquities*, in *The Works of Honoré de Balzac: "Béatrix," "The Jealousies of a Country Town" and "The Commission in Lunacy*," trans. Ellen Marriage (Philadelphia: Avil Publishing, 1901), 212.

⑬ Balzac, *Cousine Bette* (Paris, Édition Furne, 1848), 336. Excerpt translated by Adriana Hunter.

⑭ Fernand Lotte, "Balzac et la table," Année Balzacienne, 1962: 120. Excerpt translated by Adriana Hunter.

⑮ Balzac, *Traité des excitants modernes*, in *Oeuvres diverses* (Paris: Ollendorf, 1902), 2: 72. Excerpt translated by Adriana Hunter.

⑯ Balzac, *A Harlot's Progress*, vol. 1., trans. James Waring (London: J. M. Dent, 1896), 21.

⑰ Balzac, *Gambara*, in *Comédie Humaine: A Father's Curse and Other Stories*, trans. James Waring (London: J. M. Dent, 1898), 183.

⑱ Balzac, "Le diable à Paris," in *Histoire et physiologie des boulevards de Paris* (Paris, 1853). Excerpt translated by Adriana Hunter.

⑲ Ibid.

⑳ Balzac, *The Unconscious Mummers and Other Stories*, trans.

Ellen Marriage（London: J. M. Dent, 1897）, 4.

㉑ Ibid., 4.

㉒ Balzac, *The Muse of the Department*, in "*A Prince of Bohemia" and Other Stories*, trans. James Waring and J. N. O. Rudd（Philadelphia: Gebbie Publishing, 1899）, 154.

㉓ Léon Gozlan, *Balzac en pantoufles*（Paris: Maisonneuve et Larose, 2001）, 150. Excerpt translated by Adriana Hunter.

㉔ Balzac, *Lost Illusions*, 157.

㉕ Ibid., 47.

㉖ Ibid.

㉗ Ibid., 49

㉘ Balzac, *Lost Illusions*, 49.

㉙ Ibid., 4-5.

㉚ Gustave Flaubert, *L'éducation sentimentale*（Paris: Gallimard, Plé -iade, 1952）, 15. Excerpt translated by Adriana Hunter.

㉛ Balzac, *Father Goriot*, in *The Novels and Dramas of Honoré de Balzac: "Father Goriot" and Other Stories*, vol. 26, trans. Ellen Marriage and James Waring（New York: Croscup and Holby, 1905）, 2-3.

㉜ Balzac, *Father Goriot*, 82.

㉝ Balzac, *A Harlot's Progress*, vol. 1, 263.

第 *3* 部　金炊玉饌

① Honoré de Balzac, *The Magic Skin*, in *The Works of Honoré de Balzac: "The Magic Skin," "The Quest of the Absolute," and Other Stories*, trans. Ellen Marriage（Boston: Dana Estes, 1901）, 38.

② Ibid., 42-43.

③ Ibid., 44.

④ Balzac, *An Old Maid*, in *"La Comédie Humaine" of Honoré de Balzac: "The Two Brothers; "An Old Maid,"* trans. Katharine Prescott Wormeley（Boston: Little, Brown, 1899）, 504-505.

⑤ Balzac, *Ferragus*, in *Ferragus: Chief of the Dévorants; The Last Incarnation of Vautrin*, trans. Katharine Prescott Wormeley（Boston: Roberts Brothers, 1895）, 75.

⑥ Balzac, *The Magic Skin*, 44-45.

⑦ Ibid.

⑧ Balzac, *The Magic Skin*, 54-55.

⑨ Ibid., 45.

⑩ Ibid., 55.

⑪ Balzac, *The Rise and Fall of César Birotteau*, trans. Ellen Marriage（London: J. M. Dent, 1896）, 173.

⑫ Ibid., 182.

⑬ Balzac, *Father Goriot*, in *The Novels and Dramas of Honoré de Balzac: "Father Goriot" and Other Stories*, vol. 26, trans. Ellen Marriage and James Waring（New York: Croscup and Holby, 1905）, 121.

⑭ Balzac, *The Red Inn*, in *The Works of Honoré de Balzac*, Athenaeum Edition, vol. 17, trans. Katharine Prescott Wormeley（New York: Athenaeum Club, 1896）, 177.

⑮ Balzac, *Gobseck*, in *A Woman of Thirty, A Forsaken Lady, La Grenadière, The Message, Gobseck*, trans. Ellen Marriage（London: J. M. Dent, 1897）, 336-337.

⑯ Émile Zola, *La Curée*（The Kill）, Pléiade I（Paris: Gallinard, 1960）, 250-251. Excerpt translated by Adriana Hunter·

第 4 部　家庭生活

① Honoré de Balzac, *Cousin Betty*, trans. James Waring（London: J. M. Dent, 1897）, 64.

② Émile Zola, *Le Ventre de Paris*, Bibliothèque de la Pléiade, I（Paris: Gallimard, 1960）, 427. Excerpt translated by Adriana Hunter.

③ Gustave Flaubert, *L'éducation sentimentale*, 78. Excerpt translated by Adriana Hunter.

④ Ibid., Excerpt translated by Adriana Hunter.

⑤ Balzac, *Cousin Pons*, trans. Ellen Marriage（London: J. M. Dent, 1897）, 13.

⑥ Balzac, *Pierrette*, in *"Pierrette" and "The Abbé Birotteau,"* trans. Clara Bell（London: J. M. Dent, 1896）, 41.

⑦ Balzac, *Cousin Betty*, 63.

⑧ Ibid., 63-64.

⑨ Balzac, *The Country Doctor*, in *"The Lily of the Valley," "The Firm of Nucingen," " The Country Doctor," and Other Stories*, trans. Ellen Marriage and Clara Bell（Boston: Dana Estes, 1901）, 198.

⑩ Balzac, *Cousin Betty*, 175-176.

⑪ Ibid.

⑫ Ibid., 176.

⑬ Balzac, *Lettres à Madame Hanska*, ed. Robert Laffont（Paris: Bou -quins, 1990）, 2: 792.

⑭ Balzac, *The Rise and Fall of César Birotteau*, trans. Ellen Marriage（London: J. M. Dent, 1896）, 98-99.

⑮ Balzac, *Petty Troubles of Married Life*, in *"The Physiology of Marriage"; "Petty Troubles of Married Life": Repertory of the "Comédie Humaine,"* trans. J. Walker McSpadden（Boston: Dana Estes, 1901）, 395.

⑯ Balzac, *The Lesser Bourgeoisie*, trans. Katharine Prescott Wormeley（Boston: Roberts Brothers, 1896）, 211.

⑰ Ibid., 108-109.

⑱ Balzac, *The Lesser Bourgeoisie*, 125.

⑲ Ibid., 126-127.

⑳ Balzac, *An Old Maid*, in *"La Comédie Humaine" of Honoré de Bal-zac: "The Two Brothers" ; "An Old Maid,"* trans. Katharine Prescott Wormeley（Boston: Little, Brown, 1896）, 479.

㉑ Balzac, Cousin Pons, 61.

㉒ Balzac, *A Harlot's Progress*, in *La Comédie Humaine*, vol. 1, trans. James Waring（London: J. M. Dent, 1896）, 66.

㉓ Balzac, *The Black Sheep*〔La rabouilleuse〕, trans. George B. Ives（Philadelphia: George Barrie and Son, 1897）, 227-228.

㉔ Balzac, *The Peasantry*, in *The Country Parson and The Peasantry*, trans. Ellen Marriage（Boston: Dana Estes, 1901）, 44.

㉕ Ibid., 219.

㉖ Ibid., 218.

㉗ Ibid., 222.

㉘ Ibid., 226-227.

㉙ Ibid., 225-226.

㉚ Balzac, *The Country Doctor*, 32-33.

㉛ Ibid., 31.

㉜ Ibid., 32.

㉝ Susan Pinkard, *A Revolution in Taste*（Cambridge, U. K. : Cambridge University Press, 2009）, 74.

㉞ Ibid., 138-139.

㉟ Balzac, *An Old Maid*, 437.

㊱ Ibid., 469-470.

㊲ Ibid., 479.

第 5 部　吝嗇鬼與貪吃鬼

① Honoré de Balzac, *A Country Parson*, in *The Country Parson and The Peasantry*, trans. Ellen Marriage（Boston: Dana Estes, 1901）, 21.

② Balzac, *The Black Sheep*〔La rabouilleuse〕, trans. George B. Ives（Philadelphia: George Barrie and Son, 1897）, 270.

③ Ibid., 271.

④ Balzac, *Gobseck*, in *A Woman of Thirty, A Forsaken Lady, La Grenadière, The Message, Gobseck*, trans. Ellen Marriage（London: J. M. Dent, 1897）, 312.

⑤ Ibid., 343.

⑥ Ibid., 371.

⑦ Ibid., 374.

⑧ Ibid., 372.

⑨ Ibid., 373.

⑩ Balzac, *Eugénie Grandet*, in *Eugénie Grandet, Ursule Mirouët, and Other Stories*, trans. Ellen Marriage and Clara Bell（Boston: Dana Estes, 1901）, 184.

⑪ Ibid., 9.

⑫ Balzac, *Petty Troubles of Married Life*, in "*The Physiology of Marriage" ; "Petty Troubles of Married Life" : Repertory of the "Comédie Humaine*," trans. J. Walker McSpadden（Boston: Dana Estes, 1901）, 376-377.

⑬ Balzac, *The Physiology of Marriage*, in "*The Physiology of Marriage" "Petty Troubles of Married Life" : Repertory of the "Comédie Humaine*," trans. J. Walker McSpadden（Boston: Dana Estes, 1901）, 304.

⑭ Ibid., 305.

⑮ Balzac, *Béatrix*, in "*La Comédie Humaine" of Honoré de Balzac: "Béatrix" and "A Commission in Lunacy*," trans. Katharine Prescott Wormeley（Boston: Little, Brown, 1899）, 376.

⑯ Ibid., 354.

⑰ Ibid.

⑱ Ibid., 354-355.

⑲ Balzac, *Albert Savarus*, in *The Country Parson and The Peasantry*, trans. Ellen Marriage（Boston: Dana Estes, 1901）, 272.

⑳ Balzac, *The Message*, in *"About Catherine De'Medici" and Other Stories*, trans. Clara Bell（Philadelphia: Gebbie Publishing, 1900）, 392.

㉑ Balzac, *Father Goriot*, in *The Novels and Dramas of Honoré de Balzac: "Father Goriot" and Other Stories*, vol. 26, trans. Ellen Marriage and James Waring（New York: Croscup and Holby, 1905）, 35.

㉒ Ibid., 121.

㉓ Ibid.

㉔ Ibid.

㉕ Ibid., 121-122.

㉖ Balzac, *The Black Sheep*〔La rabouilleuse〕, trans. George B. Ives（Philadelphia: George Barrie and Son, 1897）, 202.

㉗ bid., 211.

㉘ Ibid., 215.

㉙ Ibid., 213.

㉚ Ibid.

㉛ Ibid., 228.

㉜ Ibid., 212-213.

㉝ Ibid., 240.

㉞ Balzac, *Cousin Pons*, trans. Ellen Marriage（London: J. M. Dent, 1897）, 17.

㉟ Ibid., 1.

㊱ Ibid., 16.

㊲ Ibid., 12.

㊳ Ibid., 4.

㊴ Ibid., 16-17.

㊵ Ibid., 13.

㊶ Balzac, *Le Cousin Pons*, Pléiade（Paris: Gallimard, 1950）, 189. Excerpt translated by Adriana Hunter.

㊷ Balzac, *Cousin Pons*, 15.

㊸ Ibid., 14.

㊹ Ibid.

㊺ Balzac, *Le Cousin Pons*, 537. Excerpt translated by Adriana Hunter.

㊻ Balzac, *Cousin Pons*, 21.

㊼ Ibid., 13.

㊽ Ibid., 17.

㊾ Ibid., 60.

㊿ Ibid., 60-61.

(51) Ibid., 82-83.

(52) Ibid., 83.

(53) Balzac, *A Start in Life*, in "*A Marriage Settlement" and Other Stories*, trans. Clara Bell（London: J. M. Dent, 1897）, 197-198.

(54) Ibid., 202-203.

第 6 部　嫩桃子、蛋奶酥與高聳甜點

① Guy de Maupassant, *Bel-Ami*（Paris: Albin Michel, 1966）, 97. Excerpt translated by Adriana Hunter.

② Ibid., 99.

③ Ibid., 119.

④ Émile Zola, *Le Curée*, Pléiade I（Paris: Gallimard, 1960）, 451-452. Excerpt translated by Adriana Hunter.

⑤ Zola, *Le Ventre de Paris*, Bibliothèque de la Pléiade, I（Paris: Gallimard, 1960）, 649. Excerpt translated by Adriana Hunter.

⑥ Honoré de Balzac, *The Lily of the Valley*, in "*The Lily of the Valley," "The Firm of Nucingen," "The Country Doctor," and Other Stories*, trans. James Waring（Boston: Dana Estes,

1901）, 18.

⑦ Balzac, *Bureaucracy*, in *"La Comédie Humaine" of Honoré de Bal-zac: "Bureaucracy," "Secrets of the Princesse de Cadignan," "Unconscious Comedians," "Pierre Grassou,"* trans. Katharine Prescott Wormeley（Boston: Little, Brown, 1899）, 228-229.

⑧ Ibid.

⑨ Balzac, *Cousin Betty*, trans. James Waring（London: J. M. Dent, 1897）, 194.

⑩ Balzac, *The Physiology of Marriage*, in *"The Physiology of Marriage"; "Petty Troubles of Married Life": Repertory of the "Comédie Humaine,"* trans. J. Walker McSpadden（Boston: Dana Estes, 1901）, 43.

⑪ Ibid.

⑫ Ibid., 19.

⑬ Ibid., 44.

⑭ Balzac, *Béatrix*, in *"La Comédie Humaine" of Honoré de Balzac: Béatrix" and "A Commission in Lunacy,"* trans. Katharine Prescott Wormeley（Boston: Little, Brown, 1899）, 192.

⑮ Balzac, *The Physiology of Marriage*, 64.

⑯ Ibid.

⑰ Balzac, *A Daughter of Eve*, in *"La Comédie Humaine" of Honoré de Balzac: "Modeste Mignon," "A Daughter of Eve," "The Peace of a Home,"* trans. Katharine Prescott Wormeley（Boston: Little, Brown, 1899）, 33.

⑱ Balzac, *The Physiology of Marriage*, 136.

⑲ Ibid.

⑳ Balzac, *La Physiologie du Mariage*, 136（Paris: Edition Furne, 1848）, 452. Excerpt translated by Adriana Hunter.

㉑ Balzac, *Lettres à Madame Hanska*, ed. Robert Laffont（Paris: Bouquins, 1990）, 1: 863. Excerpt translated by Adriana Hunter.

㉒ André Maurois, *Prométhée ou La vie de Balzac*（Paris: Hachette, 1965）, 213. Excerpt translated by Adriana Hunter.

㉓ Balzac, *The Lily of the Valley*, 100.

㉔ Ibid.
㉕ Ibid., 101.
㉖ Ibid., 194.
㉗ Ibid., 202.
㉘ Ibid., 207.
㉙ Ibid., 208.
㉚ Ibid., 244.
㉛ Ibid., 200.
㉜ Ibid.
㉝ Ibid., 255.
㉞ Ibid.
㉟ Gustave Flaubert, *Correspondance*（Paris: Conard, 1927）, iv, 27.

內容簡介

餐桌上的「人間喜劇」

「告訴我，你何時吃飯，在哪裡吃，吃些什麼，我自可說出你是誰。」這是這本有學問又詼諧的書的格言，書中探討了巴爾札克在《人間喜劇》裡面特寫的飲食以及「餐桌的藝術」（The Art of the Table）。

巴爾札克是第一位寫這主題的法國作家——而這不是巧合。

正當餐桌藝術開始在法國成為風俗，巴爾札克開始在他的書中證明飲食如何比金錢、外表以及其他的條件更能展現人物的性質、氣息、地位以及攀附社會的行為。要看一位女主人的個性，就要看她和廚師的關係如何，以及她清湯的顏色。

餐桌的藝術有無限的可能性，作者展示了巴爾札克如何利用食物來塑造他的角色以及他們的意圖。讀者也可以見識巴爾札克自己跟食物的關係，在寫作的時候餓死自己，在寫完以後大吃大喝。

最重要的，作者分享了巴爾札克最出名的歐姆蛋食譜。書中充滿驚喜以及見識，《巴爾札克的歐姆蛋》讓讀者品嘗巴爾札克的寫作天才以及對於人類狀態、志向、缺陷以及欲望的深奧同情心。

* * * * * *

十九世紀的巴黎乃是歐洲的美食之都。「吃」成了各行各業巴黎人的一種執迷，而巴爾札克是第一個審視這現象的人，他不僅看出飲食對小說有何妙用，更大膽地將食物召來充當其文字風格的元素，不只把食物比喻運用在人物角色，甚至連一片風景也可以讓他聯想到美食。

巴爾札克筆下人物的性格不只是由聲口、行為和穿著界定，還是由他們去什麼咖啡廳，光顧哪些小吃店和館子來界定，這一點讓他有別於同時代其他作家。

雨果和狄更斯也寫食物，但主要是用食物的匱乏來襯托貧窮的可怕；喬治桑樂於描寫鄉村飯菜，但筆觸的牧歌色彩要大於現實色彩；而巴爾札克則著重於關懷飲食在社會層面的意義，這也是他為什麼如此強調吃食的重要性，以及吃食何以會成為《人間喜劇》的重要場景。

本書作者安卡・穆斯坦（Anka Muhlstein）堪稱「文學世界的福爾摩斯」，擅長從文學大家的作品及其所處的時代背景中抽絲剝繭——觀察、推敲、模擬、歸納，不僅理出了原著者的千思萬緒，也為讀者理出了獨特的閱讀情趣。在本書中，她帶讀者看見《人間喜劇》中的各種「吃相」，不是狼吞虎嚥或細咀慢嚼，而是在「何時吃，吃什麼，怎麼吃，在哪裡吃」這些吃食的行為背後更廣大繁複的「眾生相」。本書誠摯邀請您，和巴爾札克一起大啖愉悅的文學大餐。

作者簡介

安卡・穆斯坦 Anka Muhlstein

一九三五年生於巴黎。曾經出版維多利亞女王、詹姆斯・德・羅斯卻爾德（James de Rothschild）、卡維里爾・德・拉・賽爾（Cavalier de La Salle）及亞斯托菲・德・古斯廷（Astolphe de Custine）等人的傳記；專研 Catherine de Médicis、Marie de Médicis 及奧地利的 Anne；著有雙傳記《伊莉莎白一世及瑪麗・司圖亞特》（*Elizabeth I and Mary Stuart*）及《普魯斯特的個人書房》（*Monsieur Proust's Library*）。分別因傳記獲得法蘭西學院獎及龔固爾獎。

譯者簡介

梁永安

台灣大學文化人類學學士、哲學碩士，東海大學哲學博士班肄業。目前為專業翻譯者，共完成約近百本譯著，包括《文化與抵抗》（*Culture and Resistance / Edward W. Said*）、《啟蒙運動》（*The Enlightenment / Peter Gay*）、《現代主義》（*Modernism：The Lure of Heresy / Peter Gay*）等。

大塊文化 閱讀卡

姓　名：

地　址：□□□

電　話：(　　)　　傳　眞：(　　)

E-mail：

您購買的書名：________________

購書書店：________市（縣）________書店

■您習慣以何種方式購書？

□逛書店 □劃撥郵購 □電話訂購 □傳真訂購 □銷售人員推薦
□團體訂購 □網路訂購 □讀書會 □演講活動 □其他________

■您從何處得知本書消息？

□書店 □報章雜誌 □廣播節目 □電視節目 □銷售人員推薦
□師友介紹 □廣告信函 □書訊 □網路 □其他________

■您的基本資料：

性別：□男 □女　婚姻：□已婚 □未婚　年齡：民國________年次

職業：□製造業 □銷售業 □金融業 □資訊業 □學生
□大眾傳播 □自由業 □服務業 □軍警 □公 □教 □家管
□其他________

教育程度：□高中以下 □專科 □大學 □研究所及以上

建議事項：

愛戀智慧 閱讀大師

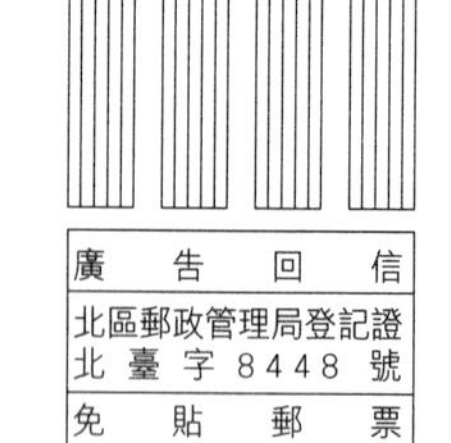

立緒

新北市 2 3 1

新店區中央六街62號一樓

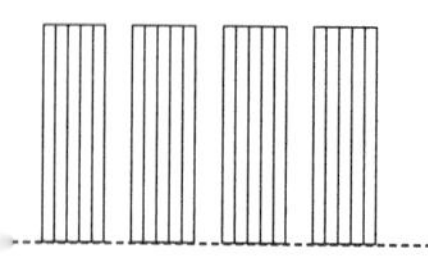

請沿虛線摺下裝訂，謝謝！

感謝您購買立緒文化的書籍

為提供讀者更好的服務，現在填妥各項資訊，寄回閱讀卡（免貼郵票），或者歡迎上網至http://www.ncp.com.tw，加入立緒文化會員，可享購書優惠折扣和每月新書訊息。

國家圖書館出版品預行編目 (CIP) 資料

巴爾札克吃在巴黎 / 安卡・穆斯坦 (Anka Muhlstein) 著；梁永安譯.
-- 二版. -- 新北市：立緒文化，民 109.05
面； 公分. --（新世紀叢書）
譯自：Balzac's omelette : a delicious tour of French food and culture with Honoré de Balzac
ISBN 978-986-360-156-2(平裝)

1. 巴爾札克 (Balzac, Honoré de , 1799-1850) 2. 文學評論 3. 飲食

876.57 109005335

巴爾札克吃在巴黎
Balzac's Omelette

出版——立緒文化事業有限公司（於中華民國 84 年元月由郝碧蓮、鍾惠民創辦）
作者——安卡・穆斯坦（Anka Muhlstein）
譯者——梁永安

發行人——郝碧蓮
顧問——鍾惠民

地址——新北市新店區中央六街 62 號 1 樓
電話—— (02) 2219-2173
傳真—— (02) 2219-4998
E-mail Address —— service@ncp.com.tw
劃撥帳號—— 1839142-0 號 立緒文化事業有限公司帳戶
行政院新聞局局版臺業字第 6426 號

總經銷——大和書報圖書股份有限公司
電話—— (02) 8990-2588
傳真—— (02) 2290-1658
地址——新北市新莊區五工五路 2 號
排版——伊甸社會福利基金會附設電腦排版
印刷——祥新印刷股份有限公司

法律顧問——敦旭法律事務所吳展旭律師

分類號碼—— 876.57
ISBN —— 978-986-360-156-2
出版日期——中華民國 102 年 4 月初版 一刷（1~3,000）
中華民國 109 年 5 月二版（初版更換封面）

定價◎ 320 元（平裝）